1장

덕질은 나의 힘!

나의 친구

나의 중학교 생활을 버티게 해준 건 트와이스였다.

트와이스는 2015년에 데뷔한 9인조 걸그룹이다. 친구도 없고 좋아하는 것도 없이 지루하게 일상을 보내던 나에게 트와이스는 하루를 즐겁게 보낼 수 있는 활력소 같은 존재였다. 처음에는 모두 다 예쁘고 귀여워서 좋아했지만, 계절마다 들을 노래가 떠오르고 무대에서 춤을 추고 웃는 모습을 보면 미소가 지어졌다. 보고만 있어도 기분이 좋아지고 행복해졌고 나중에는 좋아하는 이유를 말할 수 없이 그냥 좋아했다. 트와이스를 뺀다면 나의 삶을 설명할 수 없을 정도로 나는 트와이스에 집착했다.

초등학교 6학년 때, 학교 선생님인 엄마가 수업에 사

온 우주가
널 응원해

부평여자고등학교 글월문 지음

[❝] 차례 [❞]

용할 노래를 찾아달라고 부탁했다. 그러다가 트와이스의 'heart shaker' 뮤비를 보게 되었다. 처음에는 노래 좋네, 귀엽다는 생각만 들었는데 나도 모르게 자꾸 그 노래를 흥얼거리고 있었다. 결국 트와이스란 그룹을 찾아보게 되었고 자연스레 관심이 생겼다. 그들을 알아 갈수록 점점 더 좋아하게 되었다.

학교와 학원에 있을 때를 제외한 대부분의 시간을 트와이스를 보는 데 사용했다. 학교가 끝나자마자 집으로 돌아와 멤버들의 이름, 나이 순서, 별명 등 정보를 수집했고 유튜브에서 예능 클립과 팬 튜브를 찾아봤다. 팬아트를 그려서 인스타에 올리고 트와이스를 덕질하는 글을 블로그에 올리기도 했다.

내가 좋아하는 모습을 본 아빠는 어린이날과 생일에 앨범을 사주었고 나는 좋아서 어쩔 줄을 몰랐다. 포스터를 벽에 붙이고 차에 탈 때면 CD를 챙겨가서 도착할 때까지 노래를 들었다. 컴백할 때마다 앨범을 모았고 방 벽은 포스터와 포토 카드로 가득 찼다. 그런 나를 보며 엄마는 혀를 찼지만, 나는 신경 쓰지 않았다. 음악방송과 예능도 빠짐없이 다 챙겨봤고 본방송을 놓치면 네이버와 유튜브를 다 뒤져서 클립 영상 등을 모조리 챙겨 봤다. 공부할 때는 다른 팬이

트와이스 영상으로 만든 'study with me' 영상을 틀어두었고, 중고 거래로 지금은 팔지 않는 한정판 앨범을 구매하기도 했다. 이렇게 나는 중학교 내내 트와이스와 함께했다.

왜 그렇게 트와이스에 집착했을까. 지금 돌이켜보면 친구도 없고 특별하게 관심 있는 것도 없던 내게 트와이스는 친구였고 취미생활이었고 세상과 소통하는 방식이었다.

고등학교에 올라간 후 나와 트와이스에는 변화가 생겼다. 지금은 방 벽에 단 한 장의 포스터만 남아있다. 앨범을 사기 위해 돈을 모으는 노력을 하지 않았고, 한때 공식 팬클럽이 생기길 기대했으나 막상 모집을 시작했을 땐 가입하지 않았다.

친구도 적고 혼자 지내는 시간이 많아서 그 시간을 보내고 즐기기 위해 트와이스를 좋아하기 시작했는데 고등학교에 올라가며 많은 친구를 사귀게 된 것이다. 친구들과 만나는 시간이 늘어나고 해야 할 일이 많아지면서 피난처였던 트와이스를 찾는 일이 차츰 줄어들었다. 트와이스와 맺었던 관계는 현실에서 가까운 친구들로 채워지고 있었다.

그렇다고 트와이스를 완전히 잊은 건 아니다. 예전보다

덜 관심을 가지는 것일 뿐 여전히 나는 트와이스를 좋아한다. 트와이스의 활동을 검색하고 컴백 소식이 뜨면 하루 종일 즐겁다. 외롭고 힘들었던 나에게 마음의 친구가 되어주었던 트와이스를 오래도록 기억할 것이다.

{ 정하연 }

나의 소중한 취미생활

내 덕질은 중학교 1학년 때 시작했다. 초등학교 6학년이 끝나가는 12월 무렵, 영어학원에서 친구가 게임 '뱅드림'을 하는 걸 봤다. 재밌어 보여서 내 핸드폰에도 깔았다. 뱅드림은 '밴드를 하는 중고등학생 여자아이들'이라는 스토리를 바탕으로, 그 밴드의 노래들을 연주할 수 있는 일본의 리듬 게임이다. 처음에는 가끔 하다가 중학교에 입학할 무렵에는 푹 빠졌다. 하루에 몇 시간씩 핸드폰을 붙잡고 게임을 했는데 내가 달성한 가장 높은 순위는 35위이다.

나는 게임에 등장하는 밴드 7팀 중 '로젤리아'라는 그룹을 가장 좋아했다. 힘찬 보컬의 목소리와 짜릿한 록 음악 스타일, 예쁜 캐릭터 디자인이 마음에 들었다. 이 게임의 특징은 핸드폰 안에서 가상으로만 이뤄지는 게 아니라, 게임에 등장하는 캐릭터의 성우들이 직접 악기를 연주하고 노래를 부르며 실제 라이브 공연도 한다는 점이었다. 유튜브에서 공연 영상을 찾아보고는 다시 한번 푹 빠지게 되었다.

게임 내 밴드의 설정은 실력파 그룹이었지만, 실제로는 성우들의 나이가 평균 30대로, 특히 로젤리아 밴드는 악기 경험이 거의 없는 성우들로 구성된 그룹이었다. 다른 정보들을 찾아보면서, 성우들이 공연을 해내기 위해 이르지 않은 나이에 악기를 시작했음에도 엄청나게 노력해 현재는 본업이 밴드가 아닌 것에 놀라는 사람이 있을 정도가 되었다는 것을 알게 되었다.

또 다른 영상을 틀었을 때는 멤버 대부분이 진지한 캐릭터를 맡고 있는 것과는 다르게 유쾌하고 재밌는 성격을 가지고 있어 놀랐고, 어느샌가 성우들이 라디오에서 치는 개그에 웃고 있었다. 로젤리아가 나온 예능 영상을 계속 보다가 일본어 공부도 시작하게 되었다.

중학교 2학년 때는 이 게임의 애니메이션 버전 영화가 개봉했다. 이 영화를 보기 위해 나는 처음으로 자발적으로 영화관에 갔다. 2편이 나왔을 땐 친구와 함께 갔다. 그런데 놀랍게도 관객이 친구와 나 둘밖에 없었다. 우리는 신나는 마음으로 애니를 감상했다.

3학년 여름엔 더욱 놀라운 소식을 들었다. 10월에 내 최애 성우가 한국에서 팬 미팅 이벤트를 연다는 소식이었다. 나는 떨리는 마음으로 티케팅을 했다. 영화관에서 하는 이벤트였기 때문에 좌석이 많지 않았다. 티케팅을 시작하자마자 곧바로 접속했는데도 눈앞에서 좌석들이 순식간에 사라져갔다. 적당히 중간 자리를 눌러도 이미 선택된 좌석이라는 문구가 나왔다. 나는 초조해졌다. 내 최애 성우에게 직접 굿즈를 전달받으며 짧은 대화도 할 수 있는 팬 미팅 이벤트였기 때문에, 일단 극장에 들어가기만 하면 된다고 생각했다. 그래서 맨 뒤 좌석을 눌러 결제에 성공했다. 친구들한테 성공을 자랑하고선 행복한 마음으로 10월이 오기만을 기다렸다.

드디어 팬 미팅 당일. 나는 특별히 주황색 옷을 꺼내 입었다. 주황색은 내한하는 성우의 캐릭터 대표 색깔이다. 혼자 전철을 타고 서울까지 간 것도 이날이 처음이다. 길치인 나는 지도 앱에 의존해 열심히 길을 찾아 이벤트 시작 20분 전에 영화관에 도착했다. 좌석에 앉아 조금 기다린 끝에 최애가 등장한 순간, 3년 동안 화면 너머로만 봐온 최애가 실제로 존재해서 내 눈앞에 있다는 사실이 너무 신기하고 믿어지지 않았다. 간단한 토크쇼를 하는 동안 옆에 계시던 통역사님께서 대부분 진행을 맡아주셨는데 나를 포함한 그 장소에 있던 사람들은 대부분 통역이 나오기 전에 말을 알아듣고 반응하는 듯했다. 그때가 최애의 생일로부터 일주일도 지나지 않았을 때여서 케이크 뒤에 서 있는 최애를 향해 다 같이 생일 축하 노래를 불러주기도 했다. 만국 공통어인 영어로 부르자는 통역사님의 말과, 케이크를 먹으면 몸무게 10kg은 늘겠다는 최애의 말이 기억난다.

드디어 굿즈 전달회 시간이 왔다. 앞좌석부터 나가는 식이었기 때문에 맨 뒤 좌석에 앉은 나는 끝에서 세 번째 순서였다. 먼저 나간 사람들은 어떤 대화를 나누고 있을까 상상하며 재밌게 구경하다가 드디어 나도 자리에서 일어나 줄을 섰다. 내 앞사람의 순서가 끝나자마자 바로 나에게로 시선을 돌리곤 미소 지으며 쳐다보는 최애가 천사 같았다. 1m도 안 되는 근접한 거리에서 얼굴을 마주 보니 얼굴이 반짝반짝하고 정말 예뻤다. 약간의 비현실감을 느끼며, 전하고 싶었던 것을 일본어로 말했다. 끄덕이며 들어주던 최애는 내 말이 끝나자 활짝 웃으며 고맙다고 해줬다. 약 150명이나 되는 사람들의 이야기를 듣고 반응해 주느라 조금 힘들기도 했을 것 같은데 대단하다고 생각했다. 자리로 들어가는 동안에도 심장이 뛰었다. 최애의 퇴근길을 구경하고 행복하게 집으로 갔다.

　지금까지, 매일은 아니지만 꾸준히 덕질을 하고 있다. 아직도 최애의 얼굴을 보면 입꼬리가 자동으로 올라간다. 무언가 열정적으로 좋아하는 대상이 있다는 건 인생을 살아갈 힘이 되고, 삶을 바꿔줄 수도 있다는 걸 깨닫게 되었다.

덕질은 나의 힘!

{ 양혜원 }

그림을 잘 그리는 방법

유치원에 다닐 때, 같은 반 친구가 생일을 맞으면 생일 축하 카드를 선물했다. 미리 반 친구 모두 선생님에게 분홍색 종이를 한 장씩 받는다. 우리는 그 종이에 생일인 친구와 본인, 케이크를 그리고 간단한 편지를 썼다.

생일인 친구와 친하든 안 친하든 나는 언제나 정성스럽게 그림을 그렸다. 케이크는 3단이 기본이고, 기분에 따라 5단 케이크를 그릴 때도 있었다. 친한 친구 생일이 되면 더 정성스럽게 그려 20단 케이크가 되었다. 맨 왼쪽과 오른쪽에 빨간 커튼을 그려 넣고 무대처럼 꾸미는 것도 잊지 않았다. 모두의 편지를 읽은 친구들이 "혜원이가 가장 잘 그렸다."라고 말하면 기뻐서 입꼬리가 삐쭉삐쭉 올라갔다.

유치원을 졸업하기 전까지 가끔 심부름으로 다른 반에 갈 때는 교실 뒤 초록색 게시판에 붙어있는 그림 중에 나보다 잘 그리는 애가 있는지 확인했다. 초등학교에 입학해선 미술 시간이 끝나면 반 게시판에 붙어있거나 사물함 위에 전시해 놓은 그림들을 훑어봤다. 언제나 '나보다 잘 그리는 애는 없네.'라고 생각했다.

11살이 된 겨울, 그날도 어김없이 미술 시간이 끝나고 전시된 그림들을 구경했다. 그런데 자연스럽게 옷 주름을 표현하고 피부에 명암을 넣은 고급 기술이 사용된 그림이 있었다. 나와 같은 나이에, 나와는 비교도 안 되게 멋진 그림을 그리다니. 살면서 처음 본 천재였다. 나는 '미술 시간 말고도 꾸준히 그림을 그렸어야 했는데. 그동안 그림을 안 그리고 뭐 했지?'라며 후회했다.

이후로 그 그림을 그린 천재에게 내 그림을 보여주고 싶지 않았다. 정성스럽게 그린 그림도 천재의 그림 앞에선 형편없어진다는 걸 숨기고 싶었다. 그래서 미술 시간마다 그림을 대충 그렸다. 같은 반의 누군가가 혹시라도 천재에게 "혜원이도 그림 잘 그리는데."라고 말할까 봐 천재를 피해다녔다. 천재 앞에서 나는 그림과는 전혀 상관없는 사람이 되고 싶었다. 바라던 대로 무사히 천재와 인사 한번 할 일

없이 다른 반이 되었다.

천재의 그림을 본 날 '난 저렇게 잘 그릴 수 없으니까 그림 그리지 말아야지.'라는 생각이 들었다. 이제 나는 더 이상 동갑 중에서 그림을 가장 잘 그리는 사람이 아니라는 생각에, 그림을 그만두고 싶었다. 그림을 그리지 않겠다고 다짐했다.

그림을 그리지 않으면 일상이 크게 달라질 줄 알았는데 아니었다. 내 삶에 그림이 없어져도 아무런 영향 없이 일상이 굴러간다는 게 야속했다. 그림을 그리지 않은 기간 동안 다른 사람의 그림을 많이 봤다. 그럴 때면 '나도 저만큼 그릴 수 있을 텐데.'라는 생각이 차곡차곡 쌓였다. 그림을 그리지 않는 날이 길어질수록, 그림을 그리고 싶어졌다.

1년 정도 지났을 때, 그림을 그려야겠다는 생각만 온종일 들었다. 그날 학교에서 집에 오자마자 연필과 A4용지 한 장을 꺼냈다. 그리고 컴퓨터로 가장 사람을 멋지게 잘 그렸다고 생각한 그림을 검색해 모작했다. 모니터와 종이를 번갈아 보며 똑같이 그리려고 노력했다. 그날 이후, 학교에서 돌아와 저녁 먹기 전까지, 저녁 먹은 후 잠들기 전까지 하루에 6시간 이상 그림을 그렸다. 주로 사람을 화려하게 잘 그렸다고 생각하는 그림을 모작했다. 평소라면 어머니가 심부름을 시키면 좋아하며 심부름하러 갔을 텐데 그마저 거절할 정도로 그림에 집중했다.

며칠 동안 모작을 실컷 하고 난 뒤에는 직접 사람을 그리려고 했다. 그런데 오랜만이라 방법을 까먹었다. 1년 전에 그렸던 그림들은 참고하려고 다시 보니 죄다 마음에 들지 않았다. 실력이 부족한 초심자임을 인정하고 유튜브에 '눈 그리는 방법', '얼굴 그리는 방법', '인체 그리는 방법', '옆모습 그리는 방법', '손 그리는 방법', '옷 주름 그리는 방법' 등을 검색하며 독학으로 하나하나씩 배워갔다.

이때 그린 그림은 나만을 위한 그림이었다. 다른 사람의 칭찬은 필요 없었다. 그림이 내 마음에 드는지 안 드는지만 중요했다. 오직 그림을 잘 그리고 싶다는 생각으로 매일 그림을 그렸다. 마음에 드는 눈이 나올 때까지, 다른 빈 종이에다 눈을 몇십 개나 그렸다. 마음에 드는 눈이 그려지면 원래 종이에 옮겨 그렸다. 몰두해서 그림을 그리는 과정이 재밌었다. 봄방학 동안 하루에 한 장씩 완성하자는 목표도 세웠다. 그림으로 채운 A4용지가 15장쯤 쌓이자 봄 방학이 끝났다.

그해 3월, 천재와 나는 같은 반이 되었다. 난 혼자 속으로 천재를 라이벌로 생각하고 있었다. 내가 방학 동안 독학으로 실력이 는 만큼 천재도 1년 전보다 실력이 늘어있었다. 나는 10분의 쉬는 시간마다 그림을 그렸기 때문에 이제 천재도 내가 그림을 그린다는 것을 알았다. 그 대신 나도 친구의 그림을 가까이서 구경할 수 있었다. 나는 숨도 참고 신중하게 선을 그리며 몇 시간 걸려 완성할 그림을, 그 친구는 손도 빨라서 쓱쓱 몇 분 안에 완성했다. 나는 집에 가면 빨리 그리는 연습을 했다. 중학교에 입학해서도 그림을 계속 그려서 그리고 싶은 건 거의 그릴 수 있는 정도가 되었다.

그림을 그리지 않은 1년의 시간 동안, 사실 난 그림 그리기를 좋아한다는 것을 깨달았다. 흰 종이에 연필로 내가 좋아하는 것들로 이루어진 그림을 직접 만들 수 있어서 좋았다. 흰 종이에는 마음대로 그릴 수 있었다. 아무 계획 없이 그리다가 그림에 이야기를 집어넣고 완성된 그림을 보면 재밌었다. 뭐가 그려질지 모른 채 그림을 그리고 그리면 결과물이 마음에 들 때도 있고 안 들 때도 있다. 하지만 그리고 난 뒤엔 언제나 다음 그림은 어떻게 그려질지 기대된다.

{ 권정은 }

다람쥐 볼주머니

나는 예쁘거나 귀여운 형광펜, 볼펜, 다이어리를 보면 사서 모아두는 걸 좋아한다. 이런 '수집 본능'은 어릴 때부터 계속되었다. 마치 다람쥐가 볼주머니에 도토리를 모으는 것과 비슷하다는 생각이 든다.

초등학생 때 만화 '프리큐어', '아이엠스타', '프리즘스톤'의 완구들을 나오는 족족 사서 모으곤 했었다. 매달 한 번씩 병원에 가야 하는 일이 있었는데, 그럴 때마다 프리즘스톤 게임기가 있는 병원 근처 마트에서 다섯 번씩 게임을 하기도 했다. 하지만 이때 샀던 완구들은 고등학교 2학년된 지금 보아도 반짝거리고 예뻐서 돈 쓴 것을 후회하지 않는다.

애니메이션의 완구뿐만 아니라 슬라임도 사 모았고, '인스(인쇄소 스티커)'도 열심히 모았다. 인터넷으로 주문할 때도 있고, 엄마와 친구와 함께 서울까지 가서 오프라인으로 산 적도 있다. 인스의 경우에는 그 당시에 너무 많이 사서 아직도 다 못 쓴 상태로 우리 집에 남아 있다. 또 문방구에 가는 것 자체를 너무 좋아해서 일주일에 한 번만 가는 걸로 엄마와 약속까지 했다. 문방구에서는 주로 캐릭터 볼펜이나 아기자기한 샤프, 다이어리와 플래너를 샀다.

서점에서 책을 사는 것도 좋아한다. 한때는 심리학에 빠져 한 번에 책을 십만 원어치 샀던 적도 있었다. 그때 산 책중 가장 흥미로웠던 건 백세희의 '죽고 싶지만 떡볶이는 먹고 싶어'와 오시마 노부요리의 '오늘도 참기만 하는 당신을 위한 심리학'이었다. 책을 사던 당시에 "정말 다 읽을 수 있겠어?"라고 말씀하시던 엄마의 목소리는 지금도 생생하게 떠오른다. 이 책들은 여전히 내 책꽂이 한 켠을 차지하고 있다.

나는 만화책도 좋아해서, 가끔 만화책을 많이 파는 서점에 일부러 찾아가 재미있어 보이는 것을 사기도 한다. 명탐정 코난 시리즈를 포함해 총 43권의 만화책을 갖고 있다. 산 책을 모두 읽지는 않았지만, 책꽂이에 꽂아 두면 왜인지 뿌듯한 마음만은 남아 있다.

누군가에게 받은 물건도 잘 버리지 못한다. 친구가 생일에 써 줬던 편지, 간식 준비해 놓았으니 챙겨 먹으라며 이모가 남겨둔 쪽지, 교생 선생님께서 마지막 날 간식과 함께 주신 쪽지도 소중하게 보관 중이다. 초등학생 때 친구가 미국에서 한국으로 돌아오면서 사 줬던 곰 인형도 여전히 내 방에 있다.

내가 이런 물건들을 버리지 않고 계속 가지고 있는 이유는 단지 물건을 쉽게 버리지 못하는 성격 때문만은 아니다. 물건을 보면 그것들과 연관된 기억이 함께 따라온다. 좋아하는 만화 잡지를 사러 서울 광화문 교보문고까지 엄마와 함께 갔을 때의 설렘과 기대감, 병원에 가는 건 그다지 즐겁지 않았지만, 게임을 하기 위해 꾹 참고 버텼던 마음, 친구에게서 편지를 받았을 때의 감동 등등….

마치 그때의 순간을 동영상으로 촬영해 둔 것처럼 이 물건들을 보고 있으면 그 순간이 생생하게 재생된다. 또한 편지와 쪽지 속 '오늘 하루도 수고했어. 항상 찬란하게 빛날 정은이를 늘 응원해.', '생일 축하해. 태어나 줘서 고마워.' 같은 구절을 읽을 때면 내가 사람들에게 사랑받고 있다는 것을 다시 한번 느끼게 된다. 시험 때문에 스트레스를 받거나, 해야 할 숙제와 준비해야 하는 수행평가가 너무 많을 때 내가 사랑받는 사람들이 있음을 상기하는 것은 나에게 큰 힘이 되고, 무언가를 더 열심히 하게 만드는 원동력이 된다.

그리고 예전의 내가 무엇을 좋아했는지 회상해 볼 수 있다는 점도 좋다. '나만의 콜렉션'을 들여다보며 추억을 떠올리다 보면 세 시간은 훌쩍 지나가 있는 경우가 많다. 시험 기간에는 공부를 제외한 모든 것이 재미있다는 말이 있는 것처럼, 특히 시험 기간 때 나의 추억 여행을 도와준다. 평소엔 펼쳐 보지 않던 만화책이 시험 기간에는 유독 재미있게 느껴져서 한동안 사지 않았던 시리즈의 만화책을 다시 모았던 적도 있다.

추억 여행을 마친 뒤에는 신기하게도 공부하기 싫었던 마음이 말끔하게 사라진다. 책상에 앉아서 문제집과 교과서를 꺼내면 몇 시간 전의 귀찮음과 지루함은 사라지고 추억 여행의 여운이 공부에 대한 거부감을 없애 준다. 나는 추억이 남긴 잔상을 음미하며 조금은 즐거운 마음으로 공부를 시작할 수 있다.

나에게 내 콜렉션은 단순히 돈 낭비와 같은 것이 아니라, 평생을 가지고 가고 싶은 소중한 추억이자 보물이다. 나는 앞으로도 내 콜렉션을 새로운 책들과 학용품, 편지로 점점 늘려갈 생각이다.

{ 김정윤 }

덕질, 좋아하고 사랑하는 것

찰리 푸스는 1991년 미국에서 태어났고, 버클리 음악 대학교를 졸업한 아주 멋있는 가수이다. 활동한 지는 약 8년이 되었고, 지금까지도 팝과 관련된 음악을 작사작곡하는 내가 사랑하는 가수이다. 찰리 푸스를 좋아한 지 약 4년이 지났다. 요즘도 매일 아침을 찰리 푸스의 노래로 시작한다.

찰리 푸스를 처음 보게 된 건, 지금으로부터 4년 전인 중학교 1학년 때, 영어 시간에 선생님께서 찰리 푸스의 노래인 [ATTENTION]이라는 노래를 들려주었을 때였다. 가사를 모르는 상태에서 들었을 때는 가수의 목소리가 좋다고만 느꼈는데, 나중에 집에 가서 가사를 찾아보니 연인 간의 이별과 후회에 관한 것이라는 데에 놀랐다. 그래서 중학교에 다니는 동안에 찰리 푸스의 노래를 계속 들었고, 아무리 들어도 질리지 않는 노래여서 좋았다.

　하지만, 고등학교에 올라가고 난 후 노래를 많이 듣지 못했다. 시간이 없다는 이유로, 학원에 가야 한다는 핑계로, 계속해서 찰리 푸스의 덕질을 소홀히 하고 있었다. 찰리 푸스에게 미안할 정도로 사랑을 소홀히 하고 있었다. 이걸 깨닫고 다시 찰리 푸스의 사랑을 시작하게 되었다.

　그 후, 유튜브에서 노래와 어울리는 영화를 함께 편집해 올리는 채널이 있었다. 거기서 내가 봤던 영화인 "어메이징 스파이더맨"을 배경으로 찰리 푸스의 [DANGEROUSLY]이 나왔는데, 우연히 다시 듣게 된 노래였지만 너무 좋았다. 영화와 노래가 잘 어울려서 눈물이 날 정도였다. 노래 가사도 연인과 헤어진 남자의 후회하는 마음이 담겨 있어 더 슬펐고, 감동받았다. 이 [DANGEROUSLY] 라는 노래는 2016년도에 나온 조금 오래된 노래이지만, 이 노래를 소개한 영상을 통해 다시금 뜨게 된 노래라고 생각이 든다.

　요즘 유튜브나 다른 앱들을 통해 다시금 우리 찰리 푸스의 노래가 나오고, 인기가 많아지는 거 같아서 너무 좋았다. 그 동영상을 본 것을 계기로 찰리 푸스 덕질을 다시 시작하게 되었고, 하루하루 이 가수와 함께 있는 것 같아 너무 행복했다.

찰리 푸스는 음악을 진심으로 대하고, 노래를 하나하나 정성껏 만드는 모습이 멋있다. 역시 나의 음악가라는 생각이 든다. 그래서 이 가수가 내한하길 바랐고, 언젠가는 내한할 것이라 믿었다. 그게 언제일까 기다리던 중, 드디어 그가 한국에 온다는 걸 알게 됐다. 그 순간에 너무 가고 싶다는 생각이 들었다. 찰리 푸스를 눈앞에서 영접하고 싶다는 생각이 들었지만, 티켓 가격이 거의 10만 원이 넘어 도저히 나의 지갑으로는 갈 수가 없었다.

찰리 푸스는 이전에도 내한한 적이 있었지만, 그때도 난 지금과 같이 돈이 없었거나, 너무 어려서 공연을 볼 수가 없었을 것이다. 물론 그땐 그의 존재조차 몰랐으니 별 생각이 없었는데, 비싼 티켓값 때문에 공연을 볼 수 없다고 생각하니 마음이 우울해지고, 나는 왜 돈이 없을까 하는 생각도 들었다. 나중에 성인이 되었을 때 나의 사랑 찰리 푸스가 다시 한국에 다시 온다면, 꼭 티켓을 구입해야겠다고 다짐했다.

찰리를 잠시 잊은 적도 있었지만, 우연히 본 동영상을 통해 다시 사랑을 시작하게 된 과정도 또 다른 추억이 되어 괜찮다. 중학교에서부터 고등학교 2학년이 된 4년 동안 이렇게 멋진 사람을 좋아할 수 있어 행복하다. 내 삶에 작은 행복을 준 이 사람을 더 사랑하게 되는 것 같다.

내 사랑, 푸바오

내 덕질에는 두 가지 특징이 있다. 첫 번째는 그 대상이 사람이든 사물이든 무언가에 빠지면 사족을 못 쓰고 달려든다는 것이고, 두 번째는 금방 덕질의 대상이 바뀐다는 것이다. 책을 모을 때는 어디서 났는지도 모를 돈으로 1년 만에 책을 거의 백 권이나 사들였다. 그러다 책에 질려 다이어리를 덕질할 때는 크기 상관없이 쌓이는 다이어리만 한 달에 열 권이 넘어갔다.

사람에 빠졌을 때도 똑같았다. 처음으로 김범이라는 배우를 좋아하게 되었던 2020년에는 카카오톡 테마, 이모티콘, 프사, 배경화면, 비밀번호, 입는 옷 등 무엇 하나 그 사람과 관계없던 것이 없었고. 제대로 된 굿즈가 없는 배우를 더 깊게 덕질하고 싶은 마음에 직접 포토 카드와 키링을 제작해서 가지고 다녔다.

뒤이어 좋아하게 된 남자 아이돌도 다를 바가 없었다. 고1 무렵 처음으로 남들 다 한다는 아이돌 덕질을 시작하며 비싼 앨범을 샀다. 손바닥만 한 포토 카드를 만원도 훌쩍 넘는 가격에 사고 벽에는 포스터를 붙였다. 노래는 또 어찌나 많이 들었는지, 고1과 고2 초반의 등굣길과 하굣길을 모두 그 아이돌과 함께했다고 봐도 과언이 아니다.

하지만 한여름에 시작된 덕질은 돌아오는 여름에 듣기 위해 아껴둔 그 아이돌의 노래를 채 듣지 못하고 끝이 났다. 덕질을 시작한 지 200일이 조금 넘은 때였다. 원래 내가 어떠한 대상에게 느끼는 애정의 유통기한이 1년 정도였던 것을 고려하면, 200일의 덕질은 상당히 짧다고 볼 수 있다. 그래 사실상 반강제적 탈덕이었으니까.

내가 좋아하던 아이돌이 사고를 친 것이다. 매일 그 아이돌의 안부를 확인하러 들어갔던 트위터를 잠시 지우고 입맛까지 잃었다. 믿고 좋아했던 사람이 사고를 쳐 조롱당하는 모습을 지켜보는 건 정말 힘들다. 큰 상처를 받아놓고 무언가를 다시 믿는 것 또한 만만치 않게 힘든 짓이다. 이게 무슨 유난인가 싶을 수도 있지만 이성에 대한 설렘이 아닌 노력에 대한 존경으로 그 아이돌을 좋아했기에 더 충격이 컸다.

아무튼 그 이후로 나는 잡다한 것에 관심을 가졌다. 중2 이후로 덕질이 끊어진 것은 처음이었기 때문인지 공허한 마음이 들어 애정도 없는 타 아이돌의 앨범을 구매했다. 사물을 덕질했을 때처럼 책을 모으기도 했다. 잠시나마 정말로 흥미가 생겨서 행복했던 아이돌도 있었지만 전보다는 아니었다. 그제야 깨달았다. 나는 모든 덕질에 불안함을 느끼기 시작한 것이다.

몇 달의 시간이 흘렀다. 그동안 무엇에도 딱히 흥미를 가질 수 없었던 나는 얼마 지나지 않아 새로운 흥밋거리를 찾게 되었다. 사물도, 사람도 아니었다. 그러니까, 늘 좋아해 오던 책이나 예쁜 다이어리나 배우, 아이돌 같은 존재와는 완전히 다른 것을 만났다. 바로 에버랜드 판다월드에 사는 자이언트 판다 푸바오였다. 푸바오를 좋아하는 것은 굉장히 평화롭고 행복하다. 푸바오는 단순한 동물이 아니다. 내가 다시 무언가 좋아할 용기를 부여해 준 것이나 다름없는 존재이다. 꼭 뭔가를 열심히 좋아해야지만 살 수 있는 것은 아니지만, 적어도 나는 무언가를 좋아할 때 더 활력을 얻었으니까. 잃었던 입맛이 돌아오고, 전보다 자주 웃었다. 심지어는 친한 친구에게 푸바오를 좋아하고 나서 내가 정신적으로 훨씬 행복해 보인다는 말을 듣기도 했다.

푸바오를 보면, 나는 항상 평온해진다. 어쩔 줄 몰라 주접을 떨거나 잔뜩 흥분해서 사진을 찍어대고 싶은 생각보다는 조용히 오래 보고 싶어진다. 소리에 예민하고 환경에 민감한 꼬마 판다로 인해 나는 좋아하는 것을 향해 무작정 달려들기보다 배려하는 마음이 중요하다는 것을 알게 되었다. 앞으로 많은 게 변해서 더 이상 내 사진첩에 아기판다의 사진이 늘어나지 않게 되거나, 책상 위에 있는 판다 인형이 다른 무언가의 사진으로 교체되는 한이 있어도. 말 한마디 주고받을 수 없는 동물과 사람 사이라서 더욱 애틋하고 소중했던 푸바오를, 나는 아마 오래도록 기억할 것이다. 찰나를 소중하게 해주던 나의 커다란 꼬마 곰이 언제나 행복하길 바랄 것이다.

덕질은 나의 힘!

{ 이민지 }

밴드에 입덕했습니다

평소에 자주 보고 듣던 제이팝 채널에서 우연히 '미세스 그린 애플'(Mrs. Green Apple, 이하 미세스)이라는 밴드의 "푸름과 여름"이라는 노래를 들었다. 제목처럼 청량하고 상쾌한 느낌에 마치 청춘의 시원한 여름날을 떠오르는 노래였다. 이런 유형의 음악에 환장하는 편이라, 나는 노래에 홀린 듯 매일매일 반복해서 들었다. 들어도 들어도 질리지 않았다. 화려한 기타 사운드와 중간에 들려 오는 매미 소리 "아직 끝나려면 먼 이 여름은 영화가 아니야 너희들의 차례야 영화가 아니야 우리들의 푸름이야"와 같은 사랑스러운 가사, 그리고 너무나도 청량한 보컬의 목소리와 고음은 질리고 싶어도 질릴 수 없었다. 오히려 들을 때마다 가슴이 두근거렸다.

그러다 어느 날 문득 미세스의 다른 노래들도 들어보고 싶어져서 곧바로 찾아보기 시작했다. 이것이 다음에 일어난 모든 놀라운 일들의 시작이었다. 미세스의 노래들은 하나하나 모두 내 취향에 딱 맞았다. 노래마다 그들만의 독특한 스타일과 감각이 묻어났다.

미세스의 노래는 어떤 장르에도 국한되지 않았다. 다양한 음악적 요소를 조합해 낸다는 것을 느낄 수 있었다. 곡마다 다른 분위기와 감정을 전달하면서도, 그들만의 특유한 사운드와 멜로디가 고스란히 드러났다. 무엇보다 전반적으로 밝고 청량한 느낌의 멜로디와 반대로 마냥 밝지만은 않은 가사가 인상적이었다. 그 점이 내가 이 밴드에 끌렸던 이유였다. 미세스의 노래를 하나둘씩 알아갈 때마다, 내 플레이리스트에도 하나둘씩 미세스의 노래가 쌓였다. 그리고 이때 미세스에 대한 마음도 함께 쌓였다.

어느 순간부터는 이 밴드 자체가 궁금해지기 시작했다. 인터넷에서 미세스에 대한 정보를 찾기 시작했다. 멤버들의 이름부터 밴드 이름의 유래, 밴드 결성 과정, 원래는 5인조 혼성 그룹이었다가 베이스와 드럼이 나가고 현재는 3인조 그룹이라는 것까지 다양한 것을 알게 되었다.

지금 와 생각해 보면, 그때 난 이미 미세스에 빠져있었던 것 같다. 하지만 당시엔 그 마음을 인정하지 않았다. 아마 제이팝 밴드에게 그런 덕심을 느꼈다는 게 낯설어 그랬던 것 같다. 예전부터 제이팝을 좋아했긴 했지만 이렇게 특정 밴드나 가수에게 빠졌던 적은 한번도 없었으니 말이다. 마음속으론 '지금 이 마음은 일시적인 것이다, 그냥 기분 탓이다'라며 미세스에 대한 마음을 부정했다. 이른바 '입덕 부정기'를 겪었던 것이다. 그러던 도중 미세스의 라이브 영상을 보고 미소를 짓고 있는 나를 발견했다. 그 순간, 깨달았다. 내가 이 밴드를 진심으로 좋아하고 있다는 사실을, 그 생각을 하니 어째서인지 마음이 편안해졌다.

나의 마음을 인정한 후 본격적인 덕질을 시작했다. 미세스의 노래로 하루를 시작하는 것이 일상이 되었다. 미세스 멤버들이 진행하는 라디오나 예능의 영상도 보게 됐다. 비록 유튜브나 트위터에 있는 짧은 영상이었지만 말이다. 밴드 라이브 영상도 거의 매일 보았다. 라이브 영상은 내가 이 밴드와 멤버들을 더 많이 사랑하게 해준다. 음원에서는 경험하기 어려운 멤버들의 화려한 악기 연주와 멤버들 간의 특별한 케미 그리고 라이브 공연인데도 전혀 흔들림 없는 뛰어난 실력과, 영상으로 볼 때마저도 가슴이 뛰게 만드는 퍼포먼스는 밴드의 매력을 200% 이상으로 만들어 주는 것 같다. 이런 영상들을 보고 나면 정말 저 라이브를 실제로 보고 싶다는 갈망이 커지는 것 같다. 트위터나 인터넷을 보면 미세스는 좋아하는 사람이 많은 것 같았다. 내한 공연을 원하는 팬들도 많은데 이들이 언제 내한을 할까, 과연 그런 날이 오긴 할까 하는 생각을 라이브 영상을 볼 때마다 했다.

미세스에 입덕한 지 1년 정도 된 지금, 나는 기타를 배우기 시작했다. 미스세의 노래를 직접 연주해 보고 싶고, 더 나아가 내가 정말 열심히 연습해서 수준급의 실력으로 꾸준히 미세스의 노래 커버 영상을 올리면 밴드 멤버 중 한 명은 나를 알아 주지 않을까 하는 조금은 바보 같은 생각을 가지고 말이다. 참 덕질 하나만으로 누군가에게 새로운 도전이 시작된다고 생각하면 정말 덕질이라는건 신기하면서도 대단한 일인 것 같다.

이상 아직은 알고 있는 것보다 모르는 게 더 많은 뉴비 링고잼의 미세스 그린애플 찬양글이었다. 이런 엉성하고 조잡한 글을 다 읽어 주신 당신에게 감사함을 표한다.

2장

코로나 시대의
학생들

{ 서정빈 }

경험이란 걸 깨닫기까지

처음 코로나가 돌기 시작한 2019년 겨울. 감염병이 뭔지는 잘 몰라도, 나는 오로지 개학이 연기되었다는 사실이 기뻤다. 중학교에 입학하고 1학기가 다 끝날 때까지도 나는 학교에 적응하기 어려웠다. 무인도에 혼자 뚝 떨어진 것처럼 모든 게 어색하고 겁이 났다. 초등학교 때 3년 동안 한 친구와만 붙어 지낸 탓인지 새 친구를 사귀는 것이 힘들었고 다시 초등학생 때로 돌아가고만 싶었다. 그래서였을까. 또다시 돌아오는 새 학기가 두려웠다. 반복된 개학 연기는 나에게 안도감을 주었고 끝없는 휴가가 시작되는 기분이었다. 학교에 가지 않을수록 학교생활이 더 싫어졌고, 귀찮고 피곤한 약속도 코로나를 명분 삼아 더욱 잡지 않았다. 평생 집안에서만 살 수 있을 것 같다는 생각도 들었다. 답답하다며 밖에 나가고 싶다는 사람들이 이해가 가지 않았다.

하지만 얼마 지나지 않아 나에게도 위기가 찾아왔다. 코로나 감염자 수가 하늘로 치솟고 있었다면, 내 불안함과 위기감은 하늘을 뚫을 지경이었다. 사람들과 하나, 둘 멀어지다 보니 사람 자체가 무서워진 것이다.

버스를 타기가 힘들었고 밖에서 밥을 먹는 것도 두려워졌다. 무엇보다 가장 큰 문제는 학교에 가는 것이었다. 버스는 안 타면 그만이고, 꼭 나가야 할 일이 아니라면 밖에는 안 나가면 된다.

하지만 학교는 쥐구멍 하나 없이 온 사방이 막혀있는 곳이다. 사람의 시선이 무섭고, 아는 사람조차 마주하는 게 힘들었던 나에게 30명이 넘는 사람들과 7시간 이상 한 장소에 붙어있어야 하는 학교는 지옥이었다. 마스크 속 사람들의 표정은 무표정일 것만 같았다. 그래서 더 어둡고, 쌀쌀하게 느껴졌다.

내가 선택한 방법은 도망이었다. 코로나로 조퇴가 쉬운 걸 알게 된 나는 툭하면 조퇴와 결석을 했다. 조금만 아파도 병원에서 코로나 검사를 하고는 학교에 가지 않았다. 정말 힘들 땐 새벽에 잠도 오지 않았다. 몇 시간 뒤면 학교에 가야 한다는 불안감에 밤을 꼴딱 새웠다. 그러다 한 번 새벽 6시에 펑펑 울며 엄마에게 냅다 자퇴하고 싶다고 말을 한 적도 있다. 학교 정문만 들어서면 누군가 내 어깨에 무겁고 커다란 짐을 올려놓는 것 같았다.

학교에 가지 않은 날은 편안했을까? 사실 더 고통스러웠다. 내가 조퇴와 결석을 반복하고 있다는 걸 엄마는 모르고 있었기에 혹시라도 들키지 않을까 두려웠다. 수업에 빠지는 날이 늘어갈수록 당연히 공부를 따라가기 어려웠고, 친구들과는 더욱더 멀어졌다. 심지어 주말마저도 학교 걱정에 편히 쉴 수 없었다.

동시에 자존감은 바닥을 향해 후드득 떨어졌다. 정말이지 매 순간 불안했다. 학교, 학교, 학교. 가지도 않는 학교 생각을 그 누구보다, 그 어느 때보다 많이 했을 것이다. 그런데도 학교에는 가고 싶지 않았다. 그 순간의 답답함과 고통을 참을 수 없었기 때문이다. 무언가에 중독되면 쉽게 끊을 수 없다는데, 딱 그때의 느낌과 비슷하지 않을까 싶다.

그렇게 땅굴만 파던 내게도 중학교를 졸업할 시기가 왔다. 정말 수없이 많은 순간 자퇴를 고민했고 위기도 여러 번 있었다. 그래도 시간은 흘렀고 나를 믿어준 가족들이 있어서 정말 간신히 졸업할 수 있었다. 그러나 나는 뭔가가 많이 달라졌다. 여럿보단 혼자가 좋아졌고, 겁도 많아졌다. 뭔가를 해야겠다는 의지가 많이 줄었고, 꿈도 사라졌다. 아무런 희망도 느끼지 못한 채 고등학교에 입학했다.

시간이 약이라는 말. 나는 이 말이 맞을 수도 있다는 걸 곧 알게 되었다. 네이버에 대인기피증 극복하는 법이라는 검색을 본 적 없고, 걱정 없이 하루를 보낸 적도 없다. 나는 그저 이어폰을 꽂고 노래를 들으며 작게나마 일상에서 불안을 누르려 애썼고, 그마저 견딜 수 없을 땐 나를 잠재웠다. 고등학교에 들어갈 때쯤이 되니 불안감은 많이 나아져 있었고, 새로운 곳에 가는 것 도 덜 두려웠다. 마음이 설레는 건 아니었지만. 그래도 싫어하는 것도 견딜 줄 아는 힘이 생긴 것 같다. 서서히 나를 충전하는 방법도 깨달았다. 조퇴하는 습관도 고치려고 노력했다. 예전보단 자유로워진 환경에 친구도 사귀게 되었다. 그렇게 무사히 고등학교 1학년 생활을 마치고 고등학교 2학년이 된 지금. 난 정말 많이 나아졌다.

해보고 싶은 일이 하나둘 생기기도 하고, 여러 가지 도전을 스스럼없이 해보기도 한다. 중학생 때와 비교했을 때 학업량도 많아지고, 해야 할 일도 더욱 많다. 사람도 많이 만나고, 책임감을 느끼고 해야 할 일도 있다. 예전보다 더 많은 시선 속에 살고 있고, 더 많은 짐들을 갖고 산다. 그래도 난 지금이 더 편안하다. 도전할 때 살아있음을 느끼고, 버스에 노란 우비를 입은 아기가 지나가면 인류애가 충전된다. 또 세상에 화려한 것들이 많아 내가 잊힐 때쯤 나만의 길을 걷고 있다는 걸 느낄 때면 말로 설명할 수 없을 만큼 기쁘다. 세상에 사는 사람 모두가 자신이 원하는 성공은 이루지 못하더라도 내 길을 가고 있다는 기분은 꼭 한 번 느껴 보았으면 좋겠다.

코로나가 한창이던 중학생 때 우리 집사람들은 아무도 코로나에 걸리지 않았다. 그땐 이런 어리석은 생각이 들었었다. '왜 아무도 걸리지 않는 거지? 한 명이라도 걸리면 학교에 안 갈 수 있는데...' 난 다섯 식구 모두가 코로나에 걸리지 않는다는 게 너무 답답하고 짜증이 났었다. 그렇게 시간이 흘러 우리 집에서 첫 확진자가 나온 건 2022년 9월이었다. 그 이후로 몇몇이 더 확진되었고 2022년 12월 31일 18살이 되기 하루 전 난 코로나에 걸렸다.

그렇게 걸리고 싶을 땐 걸리지도 않더니. 이제 와서 걸린 게 웃기기도 하고 안심도 됐다. 만일 그때 가족들이나 내가 코로나에 계속 걸렸더라면 어쩌면 난 더 깊은 곳으로 빠졌을지 모른다는 생각이 든다. 뒤늦게 찾아온 코로나가, 지금까지 내가 가지고 있던 모든 두려움과 불안함을 가져가는 느낌이었다.

{ 정해영 }

마음 편히 논다는 말

2019년 말, 온 세상에 난리가 났다. 코로나19 바이러스 탓이다. 그 재앙과도 같은 사태는 이듬해에도 끝나지 않았다. 밖에 나가지 말라는 권고에 강제로 집에 박혀 있어야 했다. 그 탓에 우울증을 앓는 사람도 많아졌다. 마스크를 구하기 힘들어 동네 약국을 전전하며 줄을 서기도 했다. 뉴스에서는 온종일 감염자와 사망자 수를 보도했다. 더구나 내게 코로나19는 어느 정도 머리가 큰 후에 나타난 첫 대유행 전염병이다. 사태가 갈수록 심각해지자 2020년 개학이 계속해서 연기되었다. 내가 유일하게 기억하던 전염병인 메르스 때조차 학교에 나갔다. 마음속에 코로나19 바이러스가 자연스럽게 막연한 공포로 자리 잡았다.

나는 사실 금방 등교할 수 있을 것이라 생각하며 개학 연기를 대수롭지 않게 여겼다. 방학의 연장선과 같았으니 생활 태도도 딱히 달라지지 않았다. 그저 게으르게 빈둥대기만 했다. 점점 멀어지는 개학일에 이건 아니다 싶었는지 학교에서 원격수업을 실행했다. 화상으로 실시간 수업을 해도 집중하기 어려운데, 수업은 콘텐츠식으로 이뤄졌다. 그러니 화면만 틀어놓고 다른 일을 하거나 잠을 자는 친구들이 생겼다. 나 또한 마찬가지였다. 처음에는 듣는 척이라도 했지만, 그조차도 점점 귀찮아졌다. 제대로 들은 강의가 없어서 배운 것도 없다.

　학교를 나가지 않으니 생활습관도 엉망이었다. 중1 때는 보지 않던 시험도 봤다. 당연하게도 성적은 처참했다. 지금 생각해 보면 이때부터 자존감이 많이 떨어지기 시작한 것 같다. 공부도 안 하고, 그렇다고 놀지도 않고, 제대로 쉬지도 못하고. 눈 깜짝할 새에 내 인생의 '공백기'가 생겼다. 그 해 내가 한 일로는 웹소설 <적왕사>를 읽은 것 말고 기억나는 게 없다.

　2021년 1월, 내 방이 생겼다. 온전한 내 공간을 처음 가졌기에 기쁜 반면, 15년 동안 없던 것이기에 어색했다. 3학년이 되고는 이전 해보다 등교하는 날이 많아졌다. 격주로 진행한 온라인 수업도 화상수업으로 바뀌어 컴퓨터에 줌

프로그램을 깔아야 했다. 나는 아침잠이 많아 밥을 거르는 사람이다. 줌 수업은 조회 직전에만 들어가면 됐기에 8시 40분에 맞춰 일어났다. 알람을 못 듣고 자는 경우도 허다해서 담임선생님의 연락을 받는 일도 잦았다. 영어 과외도 시작했다.

중2 성적을 본 언니가 "이건 성적이 아니라 쓰레기야!"라며 내 책상을 방에서 거실로 옮겨놓았다. 영역을 침범당했다는 생각에 기분이 나빴지만, 아무것도 할 수 없었다. 무기력함이 몸을 지배하는 것 같았다.

이전까지는 '시간아 흘러가라.'하는 식의 태도로 살았다면, 이번에는 정말 아무것도 하기 싫었다. 공부하라고 계속 잔소리하는 언니 탓에 집이 불편해졌고, 집에 있기 싫어서 매일 스터디카페에 가서 시간을 보냈다. 수업 끝나면 집을 나가서 밤 9시가 다 되어 돌아오기를 반복했다. 집에 가는 내내 스트레스를 받았다. 현관문을 열고 거실로 들어가면 바로 보이는 책상에 다시 한번 기분이 가라앉았다. 이런 마음을 애써 외면하며 씻으러 들어갔다.

날이 갈수록 이상하게 몸이 무거워졌다. 아무 의욕도 나지 않아 여름 무렵에는 스터디카페에도 가지 않았다. 아무

것도 하지 않고 집에 틀어박혀 있으니 가족들 눈에는 엄청 답답해 보였나 보다. 가족들이 지나가며 한마디씩 했다.

"천하 태평하게 놀고 있구나."

사실 가장 답답한 것은 나인데. 이런 말을 들을 때면 '창문으로 뛰어내리면 안 아프게 죽을 수 있을까?'였다. 죽음을 생각하면서도 내가 우울하다는 것을 몰랐다. 만사가 귀찮고 의욕이 없는 것이 무기력증이란 것도 알지 못했다.

2학기에 들어와서는 전부터 배워보고 싶었던 피아노를 배우기로 했다. 토요일마다 학원에 갔다. 그때 무언가 해볼 생각을 할 정도로 회복하게 된 계기는 아직도 모르겠다. 그때를 떠올리면 마냥 신기하기만 하다. 주기적으로 밖에 나가고 새로운 것을 배우다 보니 자살하겠다는 생각이 점점 사라졌다. 아무렇지 않게 일상생활을 할 수 있게 됐다.

중학교를 졸업하고, 고등학교에 입학한 후에는 내가 완전히 회복했다며 뿌듯해했다. 그러나 중학교 때의 갈등을 풀지 못해서인지 힘든 걸 털어놓지 못하고 속에 담아두는 버릇이 생겼다. 나를 지켜보던 언니가 심리상담센터에 다녀보자고 했다. 나도 필요하다고 생각하던 참이어서 10월부터 상담을 다니기 시작했다.

상담센터에서 여러 검사를 했다. 상담사 선생님은 내가 우울감이 높게 나왔다고 말해주었다. 청소년 우울은 흔히 상상하는 것처럼 항시 울적한 것이 아니라 짜증나고 무기력한 것도 포함된다고 하셨다. 뉴스에서 코로나로 외출을 못해 우울증에 걸리는 사람의 이야기가 나올 때면, 나는 그들을 비웃으며 '나는 그럴 리 없다'고 생각했다. 그래서인지 상당히 충격을 받았다. 그때 기억을 떠올리면 아직도 많이 민망하다.

안 그래도 청소년기엔 복잡하고 예민해진다고 하던데, 팬데믹은 나를 뒤흔들어 놓았다. 학업에서 손을 놓는 데 큰 공헌을 했다. 학교에서 자살예방 설문조사를 할 때마다 "나는 그럴 리 없다." 말하던 어리석은 꼬맹이가 10층에서 뛰어내릴 생각을 하게 만들었으며, 이 때문에 상담실에 1년 넘게 다니고 있다. 코로나19의 여파를 내가 온전히 떨쳐내기에는 시간이 더 필요한 것 같다.

{ 권정은 }

코로나 때문에? 덕분에?

처음 코로나가 터졌을 때, 중 1이었던 난 심각성을 제대로 깨닫지 못했다. 마스크를 쓰지 않고 영어 학원에 갔다가 선생님께 잔뜩 혼이 나기도 했다. 그때는 '왜 저렇게 민감하신 거지….' 라고 생각했다. 그런데 이후 확진자가 급속도로 늘어나고 사망자까지 생기는 것을 보고서 앞으로는 마스크를 꼭 쓰고 다녀야겠다고 다짐했다.

급격하게 늘어나는 확진자 때문에 중학교 2학년 때는 거의 학교에 가지 못해서 사실 그때 누가 같은 반이었는지조차 제대로 기억나지 않는다. 학교에 가더라도 마스크를 쓴 채 거리두기를 해야 하니, 친구들과 친해질 기회가 적었다. 학교에 가지 않는 대신 줌 수업이나 ebs 온라인 클래스로 대면 수업을 대체했는데 나는 잔꾀만 잔뜩 는 채 3학년이 되었다.

예를 들면, 수업 시간에 카메라를 이마와 눈까지만 보이도록 위치를 조절해 놓고 간식을 먹기도 하고, 점심시간 이 안에 밥을 다 먹지 못한 날은 수업을 들으면서 화면 밖에서 밥을 마저 먹기도 했다. 미리 주문한 엽기 떡볶이가 4교시 수업 도중에 도착하는 바람에 곤란했던 적도 있다. 중학교 선생님들께 정말 죄송한 이야기지만, 수업을 듣지 않고 핸드폰과 컴퓨터로 유튜브를 보거나 게임을 한 적도 많았다. 그러다가 선생님께서 갑자기 무작위로 발표자를 정해 발표를 시키시거나 질문을 하시면 내가 걸릴까 봐 조마조마하기도 했다.

코로나19는 일명 '집순이'인 나에게 최고의 시기이기도 했다. 친구들과의 약속이 귀찮아지면 "코로나 확진자가 늘어나서⋯.", "친구가 코로나에 걸려서⋯."와 같은 변명들로 약속을 미루거나 취소하는 것도 가능했기 때문이다. 학원 수업도 온라인으로 진행하거나, 어쩔 땐 아예 수업을 못하는 경우도 있었기에 주말에는 하루 종일 침대에서 뒹굴뒹굴거리며 핸드폰으로 유튜브와 틱톡, 인스타를 번갈아가며 보곤 했다.

이렇게 다른 사람들과 만나지도 못하고 집에만 처박혀서 지낼 수밖에 없는 일상 때문에 우울해지는 증상을 '코로나 블루'라고 한다던데, 나에게는 정말 이해할 수 없는 말이었다. 나는 혼자만의 시간이 중요해서 코로나 시기는 나에게 선물과도 같았기 때문이다. 물론 밤낮없이 힘쓰고 계신 의료진분들을 생각하면서 얼른 코로나가 끝나는 날이 오길 바라기도 했지만, 적어도 내가 생활하는 데에는 큰 불편이 없었다.

그렇다고 코로나 시기 동안 마냥 놀기만 했던 건 아니다. 무심히 유튜브와 틱톡을 오가던 어느 날, 틱톡에서 잘생긴 일본인, 케지로의 영상을 발견했다. 케지로는 유행하는 노래에 맞춰서 춤을 추는 영상을 틱톡에 올렸다. 나는 미소년 같은 청순한 얼굴과 귀여운 춤에 단숨에 그에게 빠지게 되었다.

고등학생 때 일본어 수업을 들으셨던 엄마의 도움을 받아서 케지로의 틱톡 프로필의 상태 메시지를 해석해 보고, 라이브 방송도 봤다. 나는 일본어를 전혀 알지 못해 라이브 방송에서 케지로가 하는 말을 아무것도 이해하지 못했지만, 오히려 그게 내 일본어 공부 의지에 불을 붙였다. '꼭 이 녀석이 방송에서 하는 말을 다 이해하고 말겠어.' 라는

의지로 바로 다음날부터 히라가나와 가타카나를 암기하기
시작했다.

그때 이후로 여러 일본인들의 틱톡 라이브 방송도 보고,
혼자 집에 있을 때는 일본어로 계속 중얼거리기도 하며 약
2년 정도가 흘렀다. 지금의 나는 2년 전 나와 다르게 웬만
한 일상적인 말은 다 이해할 수 있으며, 일본인 친구와 일
상적인 대화를 나누는 전화통화도 가능하다. 좋아하는 일
본인 유튜버의 방송을 보면서 일본어로 댓글을 쓰기도 하
고, 직접 한국어로 자막을 달고 영상을 편집하여 SNS에 업
로드하기도 한다.

덕분에 나는 일본어를 처음 공부하는 친구들이 히라가
나를 열심히 외우고 있을 시간에 부족한 수학 공부에 시간
을 더 쓸 수 있었고, 덕분에 전교 2등이라는 성적으로 일본
어 과목에서 1등급을 받을 수 있었다. 그리고 케지로는 2
년 전엔 고등학생이었지만, 고등학교를 졸업한 뒤 현재는
일본 가수의 뮤직비디오에 배우로 출연하거나 의류 모델
일을 하며 자신이 하고 싶은 일을 마음껏 하고 있다. 나와
케지로 둘 다 2년 전보다 좀 더 나아진 모습으로 달라진 것
을 보며 뿌듯한 마음이 들었다.

그래서 나는 코로나에게 고마워하고 있다. 내가 마음껏 집순이 생활을 할 수 있게 해줬기 때문이다. 또한 코로나 시기가 아니었다면 나는 심심한 기분을 달래기 위해서 틱톡이라는 앱을 다운로드 받지 않았을 것이고, 그랬다면 케지로도 만날 일이 없었을 것이다. 케지로에게도 고마워하고 있다. 케지로가 없었다면 나는 일본어를 공부하겠다는 의지가 생기지 않았을 테고, 고등학교에 올라와서 일본어를 처음 배우며 다른 친구들처럼 애를 먹었을 것이기 때문이다. 코로나 때문에 학교에 자주 가지 못해 친구들과 친해질 기회는 줄었지만 동시에 코로나 덕분에 집에서 행복한 혼자만의 시간을 보낼 수 있었다.

{ 양혜원 }

알약 먹기 대작전

2022년 8월 초, 2학기 개학을 한 주 남기고 코로나에 걸렸다. 검사받으러 간 날부터 목이 조금 간지럽더니 확진 받은 날에는 말을 할 수 없었다. 목은 하루 종일 간지러웠고 한 단어를 말하면 기침이 시작됐기 때문에 가족들이랑 카카오톡으로 대화했다. 말을 하지 않아도 시시때때로 기침이 나왔다.

목이 아파서 약을 먹으려고 보니 알약이었다. 이럴 수가. 이때까지 늘 물약만 먹었을 뿐 알약은 먹어본 적이 없었다. 약은 캡슐 알약이었는데 3cm쯤 되어 보였다.

"알약이 너무 커. 어떻게 먹어?"

카카오톡으로 언니에게 물어봤다. "입에 약 넣고 그냥 물 계속 삼키면 넘어가."라고 했다.

언니는 내가 인생 최초로 입으로 알약을 삼키는 걸 구경 하겠다며 거실로 나왔다. 알약을 먹고 싶진 않았지만, 알약을 먹을 수 있는 사람이 되고 싶었다. 이 김에 알약을 먹어보자, 단단히 마음먹고 알약 하나를 입에 넣었다. 정면을 보고 물을 삼켰다. 알약이 안 넘어갔다. 물을 꿀꺽꿀꺽 계속 마셨다. 안 넘어갔다. 고개를 숙이고 있다가 물을 삼킬 때 고개를 위로 젖혀 삼켜봤다. 안 넘어갔다. 고개를 젖힌 채로 삼켜도 보고 고개를 숙인 채로 삼켜도 봤다. 알약은 안 넘어가고 물만 꿀꺽꿀꺽 넘어갔다. 다시 처음 방법대로 물을 계속 삼켰다. 그랬더니 물이 입에서 도로 나왔다. 애니메이션<포켓몬스터>에 나오는 꼬부기의 물대포 같았다. 물이 다시 입 밖으로 나올 줄은 몰라서 당황스러웠다. 이대론 안 되겠다 싶어서 미리 준비해 둔 조그만 소스 그릇에다 알약을 뱉었다.

유튜브에 '알약 먹는 법'을 검색했다. 동영상을 따라 해봐도 알약은 쉽게 넘어가지 않았다. 생각보다 목구멍이 커서 알약이 걸릴 일은 없다는 말에 안심하고 물을 삼켜봤다. 목구멍은 이 말을 못 믿는지 알약을 못 넘겼다. 알약이 흐물흐물해졌다. 내 인내심도 흐물흐물해졌다. 알약을 목구멍에 밀어 넣으라는 말에 입천장과 혀를 이용해 밀어 넣는데 캡슐 뚜껑이 열렸다. 가루는 굉장히 썼다. 지금까지 먹었던 모든 쓴맛을 가뿐히 넘어서는, 쓴맛이었다. 캡슐 알약의 가루는 사람이 먹으면 안 되는 맛이었다. 얼른 또 물을 삼켜서 입을 헹궜다.

드디어 알약 하나를 먹었다. 남은 알약이 하나 더 있다는 사실에 괴로웠다. 고작 한 알 먹겠다고 물 세 잔을 비웠는데 하나를 더 삼켜야 한다니. 생수를 컵에 가득 채우고 또 알약은 못 삼키고 물만 삼키다가 결국 또다시 쓴 가루를 맛봐야 했다.

'캡슐 채로 삼킬 수 있으면 좋겠다.'

혀가 맛봐선 안 되는 알약을 하루 세 번, 두 알씩 먹었다.

"넘어갔어?" 내가 약을 먹으려고 물을 삼킬 때마다 어머니가 물었다. 나는 "아니." 혹은 "넘어갔는데 뚜껑이 열렸어."라고 일곱 번 정도 대답했다. 여덟 번째, 드디어 물과 함께 알약이 그대로 넘어갔다. 처음으로 캡슐 알약을 온전히 삼켰을 때 나는 너무 기뻐서 "성공했어!"라고 큰 소리로 가족에게 알렸다. 어머니와 언니는 나의 성공을 기뻐했다.

　그다음에도 운이 좋을 때에만 알약이 넘어갔다. 여전히 어떻게 넘긴 건지 방법은 알 수 없었다. 그래서 매번 온갖 방법으로 시도하고 실패하고 성공하기를 반복했다. 알약과 고군분투한 일주일이었다.

　그 괴로운 시간을 거쳐 지금은 알약을 먹을 수 있게 됐다. 애초에 큰 알약부터 먹었더니 이제 작은 알약 먹기는 쉬웠다. 알약 삼키는 법도 스스로 터득했다. 알약이 들러붙지 않게 물을 한 입 먹은 뒤 알약을 삼킬 듯이 목구멍 쪽으로 최대한 밀어놓고 이로 컵을 물고 물을 계속 삼키면 된다. 근데 잘못 마시면 사레들릴 수 있어서 주의해야 한다.

　알약을 삼키는 과정은 괴로웠지만 알약을 먹을 수 있는 사람이 돼서 기쁘다. 할 수 있는 일이 늘어간다는 건 좋은 일이다. 다시는 캡슐 안에 있는 가루를 맛볼 일이 없으니까. 알약을 삼키기 위해 노력하는 과정은 힘들었어도 아주 가치 있는 일이었다.

{ 정하연 }

코로나와 함께한 중학교 3년

중학교에 입학한 2020년, 코로나바이러스가 터졌다. 나는 코로나바이러스에 대한 소식을 필리핀에서 어학연수를 하던 중에 처음 들었다. 한국에서 어떤 바이러스의 감염자가 두세 명 나왔고, 필리핀도 비슷한 상황이었기에 주말에 가기로 예정되어 있던 관광지를 가지 못해서 아쉬웠다. 1월 14일 필리핀으로 출발하기 며칠 전, 필리핀에서 화산이 폭발했다는 소식을 듣고는 화산재를 마시지 않기 위해 마스크를 쓰고 공항에서 나왔었는데 돌아오는 2월 5일에는 코로나 때문에 마스크를 쓰고 귀국했다. 지금이야 익숙해져서 별 느낌이 안 들지만, 그때는 새벽부터 밤까지 오랫동안 마스크를 쓰니 귀 뒤가 굉장히 아팠다. '끽해야 10명도 안 걸린 바이러스가 뭐가 위험하다고.' 하는 마음도 있었다.

이 바이러스가 얼마나 커질지, 그땐 몰랐다.

3월이 되었지만 반 친구들과 선생님과의 첫 만남은 화면 너머로 이뤄졌다. 우리들의 등교는 무기한 연기되다가 드디어 6월에 등교가 확정되었다. 원래대로라면 하복을 입고 등교했어야 하지만, 받은 건 동복뿐이었다. 그래서 첫날은 사복을 입고 학교에 갔다. 내가 입고 간 사복이 학교 생활복과 비슷하게 생겨서 선생님께서 미리 교복을 받았냐고 물어보셨던 것이 기억난다.

그 후로도 주마다 학년별로 돌아가며 학교에 가는 생활을 반복했다. 한 반임에도 또 짝수 번호 반과 홀수 번호 반으로 나뉘어 수업을 들었기 때문에, 사실 같은 반 친구들의 이름을 10명도 제대로 기억하지 못한다. 게다가 원래대로라면 2층에서 수업을 들었을 텐데 8반이었던 나는 4층에 있는 교실을 배정받아서 계단을 오르내리기가 힘들었다.

온라인 클래스는 조금 지루했다. 실시간으로 내가 공부하는 걸 누군가 보는 것도 아니었다. 출석 댓글만 시간에 맞춰 달고, 교시별로 영상 진행도만 채우면 됐겠다, 틀어놓고선 듣는 둥 마는 둥 배경음으로 두고 핸드폰을 하기도 하고, 졸릴 때는 알람을 맞춰놓고 잠도 잤다. 특히 5교시 음악 수업에 있던 오케스트라 클래식 공연영상은 엄마가 준 맛있는 점심을 먹고 잠이 솔솔 오던 내 옆에 자장가로 틀어놓기 적절했다. 영상을 대충 넘기느라 과제를 확인도 안 한 상태로 미루고 미루다가 학교에 갈 즈음이 되면 전날 밤을 뜬눈으로 새웠다. 그때만큼은 누구보다 가장 손이 빠른 사람이 돼서 허겁지겁하기 바빴다. 그림을 그려야 하는 미술 과제를 몇 시간 만에 후다닥 끝내기란 쉬운 일은 아니었다.

10월의 어느 일요일에는 배가 너무 아팠다. 눈앞이 새까매졌다. 그렇게 길게 살진 않았으나, 지금까지 겪어본 고통 중 3위 안에 들어갈 정도였다. 교회에 계신 엄마가 얼른 돌아오시길 바라며 약 6시간 동안 배를 잡고 구르다가 응급실에 갔다. 진통제를 맞아도 아픈 게 나아지지도 않고, 화장실로 가는 길에 마스크에 구토를 했다. 소장에 가스가 찼다고 했던가, 입원해야 할 것 같다는 말을 들었다.

중1 기간 동안 학교에 간 날을 다 합쳐도 2달을 겨우 넘기는데, 내가 3박 4일 동안 병원에서 지내게 된 바로 그 주가 등교를 하는 주였다. 덕분에 내 생활기록부에는 결석 기록이 남게 되었고 개근상을 받는 건 물 건너간 일이 되었다. 빠지고 싶어서 빠진 게 아닌데, 온라인 클래스였다면 받을 수 있었을 텐데, 밥 먹고 좀 움직일걸, 하는 후회가 아직도 가슴 한켠에 남아있다.

2학년이 되자 온라인 클래스보다 줌으로 수업하는 날이 늘어났다. 한동안 단축수업을 해서 쉬는 시간도 수업 시간도 5분씩 줄어들었다. 물론 수업이 일찍 끝나는 것은 좋았다. 하지만 쉬는 시간 5분은 생각보다 힘들었다. 수업이 1분이라도 늦게 끝나면 의자 뒤에 있는 침대에 눕자마자 일어나서 다음 수업을 들어가야 했다. 잠깐 누운 사이, 세상에서 가장 무겁다는 눈꺼풀에 져서 순식간에 잠들어 버린 날엔 얼른 수업 들어오라는 반장의 전화를 받고 다행히 아직 안 늦었다는 안도감과 함께 수업에 들어갔다. 한 교시 수업이 끝날 때마다 핸드폰의 배터리는 정확히 10퍼센트씩 줄어들었고, 잠깐 손을 대도 화상을 입을 것 같이 뜨거워져서 창문 옆에 두고 쉬는 시간 내내 식히기 바빴다. 아침에 일어났는데 핸드폰 충전이 안 되어있으면 충전기를 꽂아서 이상해진 화면 각도로 수업을 들었다.

3학년이 되자 작은 화면을 온종일 뚫어져라 보느라 눈 아프던 온라인 수업도 끝이 보이고 있었다. 학교에 가는 횟수도 점점 늘어났고, 2학년 생활을 할 때까지만 해도 옆 반에 확진자가 나오면 코로나 검사를 받으러 가야 해서 귀찮고 아팠는데, 이제 점점 무뎌지고 있었다. 그래서일까, 우리 가족은 아직 코로나에 걸리지 않아서 안심하고 있었다.

여름방학, 여름휴가가 끝나고 집에 오자마자 엄마, 나, 동생이 코로나 확진 판정을 받았다. 격리기간은 내 생일까지였다. 첫째 날에는 어지럽기만 하더니 둘째 날부턴 목이 아프고, 코도 막혀서 입맛도 싹 사라졌다. 얼마 후 완치됐지만 내 입맛은 돌아오지 않았다. 삶에서 먹는 낙이 큰 나로서는 고통스러운 일이었다. 한 달 동안 밥은 별로 먹고 싶지 않았는데 왜인지 단 음식이 당겼다.

코로나가 한창 유행하던 중학교 3년 동안 물론 힘들었지만 나름대로 좋은 추억도 많이 쌓은 것 같다. 온라인 수업 때 엄마가 해준 점심이 맛있었고, 전자기기를 이용한 퀴즈나 그룹 활동을 자주 한 것도 재밌었다. 1학년 때는 줌으로 조례를 하는 중에 선생님의 아들이 들어와 인사하고 나가서 우리 반 친구들과 웃었던 일도 몇 번 있었다. 요즘은 거의 코로나 이전의 일상으로 되돌아가는 추세다. 추억도 있지만, 코로나가 얼른 끝나서 완전히 원래대로 돌아가는 날이 오면 좋겠다!

3장

나를 키운 것들

계란은 나의 힘

나는 학교에 다니기 전부터 외할머니댁에서 보내는 시간이 많았다. 엄마와 아빠는 아침 일찍 회사에 가서 저녁 늦게 돌아오셨기 때문에, 나는 거의 매일매일 할머니집에서 살다시피 했다. 할머니집의 1층은 이모의 가게였고, 때때로 그곳에서 간식을 먹으며 시간을 보내기도 했지만, 대부분의 시간을 2층에서 할머니와 함께 지냈다.

할머니와 함께 보내는 시간은 가끔 지루할 때도 있었지만 대체로 즐거웠다. 할머니와 '개그콘서트' 같은 예능 프로그램이나 '구르미 그린 달빛' 같은 드라마를 보면서 얘기를 하고, 아빠가 아직 볼 나이가 아니라며 못 보게 했던 '짱구는 못 말려'를 실컷 보기도 했다. 때로는 할머니와 함께 인형놀이를 했다. 어떤 날엔 바비 인형을 가지고 놀기도 했고, 또 어떤 날엔 털이 달린 동물 인형을 가지고 놀기도 했다. 나중에 학교에 입학한 후엔 하교 후 피아노 학원, 영어 학원, 태권도장에 갔다 오면 어느새 엄마와 아빠가 퇴근하는 저녁 시간에 가까워져 있었다.

할머니와 보낸 시간 중 내가 가장 즐거웠던 때는 바로 식사 시간이었다. 언제나 할머니가 직접 요리를 해 주셨는데, 내가 가장 좋아하기도 하고 가장 자주 먹었던 음식은 계란을 활용한 요리였다. 계란밥, 계란말이, 계란찜, 계란물을 입힌 분홍 소세지전까지 다양한 계란 요리는 내 소울 푸드이다. 지금도 나는 계란말이와 계란찜만 있으면 다른 반찬 없이도 밥 한 공기를 금방 해치울 수 있고, 분홍 소세지전은 케찹에 찍어 먹으면 밥 두 공기도 뚝딱 다 먹어 버릴 수 있다. 또한 계란밥은 요리를 못하는 나 혼자서도 쉽게 만들 수 있어서, 집에서 혼자 밥을 먹어야 할 때 자주 해 먹고 있다.

예전에는 계란 요리를 너무 자주 먹어서 질렸던 적도 있다. 엄마가 퇴근하고 돌아오신 뒤에 오늘도 계란 요리를 먹었다고 말하면, 엄마는 장난으로 웃으시면서 "정은이 입에서 닭똥 냄새 나겠네~"라고 농담을 하기도 했다. 그럴 때마다 나는 손으로 입을 가려 입냄새를 맡아 보며 "아직 닭 똥 냄새 안 나니까 더 먹을 수 있어."라고 대답하곤 했다.

"할머니는 왜 계란 요리만 자주 해주는 걸까?"

언젠가 엄마에게 이렇게 물었다. 엄마는 지금은 그렇지 않지만, 계란 한 알도 귀했던 시절이 있었다고, 그래서 할머니에게 귀했던 계란 요리를 소중한 손녀인 나에게 많이 해 주고 있는 걸 수도 있다고 말씀하셨다.

나는 내가 계란을 잘 먹으니까 자주 해 주시는 거라 생각했는데, 예상치 못한 답변이어서 당황했다. 잠시나마 질린다고 생각한 것이 할머니에게 죄송하다는 생각이 들었다. 그 이후로 계란 요리를 볼 때마다 할머니의 사랑이 느껴져서 전보다 더욱 맛있게 먹을 수 있었다.

언젠가 학원 국어선생님께서 "지금의 너희가 있게 해 준 건 무엇이니?"라고 물어본 적이 있다. 선생님께서는 수험생이었던 시절에 야자가 끝나고 집으로 돌아가면서 본 밤하늘이 지금의 자기를 있게 해 준 것 같다고 말씀하셨다. 학교도 야자도 공부도 힘들었지만, 하교할 때마다 밤하늘을 올려다 보는 것이 큰 위로가 되었다고. 한 번쯤은 이런 질문에 어떤 대답을 할지 진지하게 생각해 보는 것이 좋다고 하셔서, 나도 답을 고민해 보았다.

그때 할머니의 계란찜과 계란말이, 계란밥이 떠올랐다. 할머니의 계란 요리가 할머니의 사랑과 정성이라는 걸 알게 된 이후로 계란 요리는 내가 힘들 때마다 다시 일어설 수 있는 원동력이 되었다. 할머니의 사랑과 정성, 그리고 요리에 쓰인 수많은 계란의 희생에 보답하기 위해서라도 더 열심히 공부해야겠다고 생각했다. 할머니에게 더 자랑스러운 손녀가 되고 싶었다.

다른 사람들에게 계란 요리는 특별하다기보다는 단순하고 쉬운 요리일 수 있다. 하지만 나에겐 평생 잊고 싶지 않은 할머니의 사랑이자 정성이고, 영원한 나의 원동력이다. 나도 고등학생이 되었으니, 내 나름대로 할머니의 사랑에 보답하기 위한 행동을 한다. 할머니가 좋아하시는 쫀드기를 열 개씩 사다 드리기도 하고, 기말고사가 끝난 날 할머니께서 좋아하시는 시원한 망고 주스를 사 들고 할머니 댁에 찾아가기도 했다. 하지만 매일매일 내게 요리를 해 주신 할머니에 비하면 나는 아직 부족하다고 생각한다. 앞으로도 나는 할머니의 망고 주스와 쫀드기를 위한 돈을 내 용돈에서 빼놓을 것이다.

{ 서정빈 }

특별한 집밥

11살 내가 처음으로 가스레인지로 만든 요리는 냉면 밀키트였다. 누군가는 그것이 정녕 요리이냐고 말할 수 있지만 나에겐 처음 만들어 본 음식이자, 내가 느꼈던 가장 뿌듯했던 순간 중 하나다.

요리를 시작하게 된 계기는 엄마의 늦은 퇴근 시간 때문이었다. 엄마는 당시 빵집을 이제 막 개업해 매우 바쁘셨고, 나와 두 명의 동생이 알아서 밥을 챙겨 먹는 날이 많아졌다. 우리는 항상 엄마가 해두신 반찬으로 식사를 해결했는데, 하루도 빠짐없이 밥상을 차리고 나가시는 엄마 덕에 굶는 날 없이 맛있는 밥을 먹었던 기억이 생생하다.

그런데 내가 처음 요리를 한 그날. 엄마가 아주 바쁘셨는지 반찬, 국, 밥을 하나도 해놓고 가지 않았다. 순간 머릿속이 하얘졌다. 하지만 당황도 잠시, 난 정신을 차려야 했다. 나도 배가 고팠지만, 바로 옆에서 뱃가죽을 부여잡는 동생들이 2명이나 있다는 것에 책임감을 느꼈다. 무엇이든 해서 동생들을 먹여야 한다고 생각으로 무작정 냉장고를 열었다.

평소 아이스크림이나 간식을 꺼내 먹을 때와 달리, 냉장고가 낯설게 느껴졌다. 내 눈에 보인 건 길쭉한 채소들과, 내가 좋아하는 요플레, 그나마 익숙했던 두부, 소시지, 눈알이 무서운 고등어였다.

잠시 요플레로 저녁을 때울까 망설일 때, 냉면 밀키트가 눈에 들어왔다. 나는 평소에 냉면을 좋아했다. 냉면을 꺼내 식탁에 내려놓고 설명서를 한참 읽었다. 쉬울 것 같기도 하고, 실패할까 봐 두렵기도 했다. 그런데 배고픔이 내 두려움을 뛰어넘었다. 결국 포장지를 뜯었고, 가스레인지를 켰다. 물을 끓여 면을 하나하나 뜯어 넣었다. 물이 넘칠락 말락, 땀이 송골송골하게 맺힐 때쯤 나는 눈대중으로 흐물거리는 면을 확인하고 불을 껐다. 찬물에 면을 헹구고 육수와 양념을 넣고 드디어 냉면을 완성했다.

나는 어미 새가 된 것 마냥 배고파하는 동생들을 위해 먼저 그릇에 냉면을 덜어 주었고, 나도 한 입 먹었다. 맛은 완벽했다. 새콤달콤, 시원 촉촉한 냉면! 내가 평소에 먹던 냉면과 똑같은 맛이라 정말 안심이 되었다. 동시에 동생들에게 밥을 해줬다는 사실이 매우 뿌듯했다. 내 책임감은 어려운 일도 척척 해낼 수 있게 만들어 주었다.

냉면 밀키트는 나에게 요리에 대한 흥미와 관심을 불어넣어 주었다. 이날 이후 난 매일 요리했다. 계란후라이에서 계란말이로, 계란말이에서 계란볶음밥으로, 요리 실력은 조금씩 성장했고 이제는 김밥에 들어가는 계란 지단도 잘 부친다.

어느덧 요리 경력 7년차. 바쁘신 엄마를 대신해 시작한 요리가 이제는 일상의 한 부분이 되었다. 낯설기만 하던 길쭉한 채소는 이제 나의 수많은 요리 재료 중 하나가 되었고, 두부는 찌개를 끓일 때 없어서는 안 되는 단골 재료로 자리를 잡았다. 눈알이 무서웠던 고등어는 노르웨이산이 크고 맛있다는 걸 알게 되었고, 매콤한 고등어조림을 떠올리며 군침을 흘릴 뿐이다. 감자전을 부치다가도 냉장고에 있는 토마토소스와 피자치즈가 생각나 급 노선을 변경해 감자피자를 만들기도 한다.

나를 키운 것들

요리하지 않았을 땐 마트에 가면 항상 과자코너로 뛰어 갔다. 먹고 싶은 과자 하나를 집어 저녁거리를 고민하시는 엄마에게 사달라고 조르곤 했다. 하지만 지금은 다르다. 이 제는 내가 직접 장을 보고 일주일 동안 먹을거리를 고민한 다. 과자 대신 팽이버섯이 2개에 990원인지 3개에 990원 인지 확인한다. 비가 많이 오는 날이면 채소 값이 비싸질까 걱정도 된다.

엄마는 스스로 밥을 차려 먹는 나를 기특하게 생각하시 면서도 밥을 자주 차려주지 못하는 것에 항상 미안해하신 다. 나도 스스로 밥을 차리고 동생들에게 만들어 주는 사람 이 되다 보니 엄마의 그런 마음이 어떤 마음인지 이해가 간 다.

물론 나도 밥하는 게 싫을 때가 있다. 학원에 가기 싫은 마음이 생기는 것처럼, 반복되는 일상에 지루함을 느끼는 여느 사람들처럼, 나도 밥 차리기가 귀찮아지는 것이다. 가 족들 식성을 따져가며 음식하는 것도 거슬리고, 그렇다고 대충 차려 먹거나 시켜 먹는 건 또 싫어서 한참을 고민하 고, 고민한다. 그러다가도 내가 차린 밥상을 맛있게 먹어주 는 가족들을 보면 그런 마음이 쏙 사라지고, 뿌듯함과 자신 감을 느끼며 내일은 더 맛있는 밥을 해주고 싶다는 각오를 다진다. 요리는 내게, 나도 무언가 잘하는 게 있다는 걸 깨닫게 해주었다. 내가 만든 요리를 맛있게 먹어줬을 때 느끼는 기쁨과 희열은 정말이지 말로 설명하지 못한다.

요리를 하면서 그동안 나에게 밥을 차려주셨던 엄마에게 가장 큰 고마움을 느꼈다. 바쁜 일상에 항상 밥을 지으시던 엄마의 마음이 어떤 것이었는지, 얼마나 귀찮고 고되었을지, 정말 아무나 할 수 있는 쉬운 일이 아니라는 걸 늘 생각한다. 이제는 엄마의 무거운 짐을 내가 함께 질 수 있어 마음이 편하다. 나는 앞으로도 밥상을 차리며 가족에 대한 고마움과 사랑을 전하고 싶다. 따뜻하게, 오래오래 식지 않도록.

{ 최주원 }

나를 바꾼 마라탕

엄마는 늘 말한다.

"그래서 해외여행을 가겠니? 어디 낯선 곳에 가서 살겠니?"

바로 내 입맛에 관한 얘기다. 먹지 않는 음식이 많아 생기는 불편함에 대한 표현이다. 유난히 음식을 가려 어릴 때부터 편식에 관한 에피소드가 많다. 그 중 자주 들어서 마치 내 기억 같은 이야기가 있다.

세 살 때 '이오'라는 어린이 음료만 마셨는데 그중에서도 오로지 사과 맛 음료만 좋아했다. 엄마는 다른 맛을 경험하게 하고 싶어 여러 방법을 썼는데 처음엔 포도 맛 이오를 주었다. 빨대로 한 모금 마신 나는 그대로 음료를 던져버렸고, 이후부터는 이오를 먹기 전에 병을 유심히 살펴보는 버릇이 생겼다고 한다. 그다음 엄마가 쓴 방법은 사과 맛 병에 다른 음료수를 담아주는 것이었다. 그것 역시 나는 똑같이 뱉어버렸고 그 뒤로 엄마가 이오를 주면 코로 킁킁 냄새를 맡고 사과 맛이란 확신이 들었을 때 먹었다는, 우리 집 안에선 전설적인 이야기가 있다.

난 음식에 대해 유난히 호불호가 강하다. 좋아하지 않는 음식은 절대 먹지 않는다. 대표적으로 우유가 들어가는 유제품을 싫어한다. 그래서 빙수도, 생크림 케이크도 먹을 일이 없다. 남들은 내게 편식이 심하다고들 하는데, 내가 생각해도 대마왕 급이다. 고등학교 1학년 때 친구들과 재미 삼아, "내가 제일 편식이 심해!"라며 말을 한 적이 있는데 친구들이 내 얘기를 듣고 "얘는 못 이긴다."라고 했을 정도다.

내 편식 스타일은 일관적이다. 일단 처음 보는 음식은 거부한다. 마라탕도 그랬다. 유튜브를 통해 마라탕을 처음 보았을 때 '저걸 왜 먹지?'하는 생각이 들고 내가 먹을 일은 없을 거라 장담했다. 새빨간 마라탕이라니, 온몸에 두드러기가 날 거 같은 께름칙한 모습이었다. 이런 마라탕에 열광하는 친구들이 도저히 이해가 가지 않았다.

이런 나와 상관없이 마라탕의 인기는 계속되었고, 고등학교에 올라오니 반에서 마라탕을 안 먹는 사람은 나 포함 두 명밖에 없었다. 모두 마라탕을 좋아했다. 마라탕을 한 번도 안 먹어봤다고 말하면 "지금까지 어떻게 살아온 거냐?"로 시작해 마라탕의 좋은 점을 나에게 설명해 주었다.

이런 소리를 자주 듣다 보니 마치 내가 시대에 엄청 뒤떨어지는 이상한 아이 같단 생각이 들 정도였다. 이렇게 살 순 없었다. 1학기 중간고사가 끝난 주말, 드디어 난 큰 용기를 내어 친구들과 함께 먹으러 가기로 했다. 식당으로 가는 동안 '한 입도 못 먹으면 어떡하지?' 하는 걱정에 낯선 곳으로 끌려가는 두려운 마음까지 들었다.

처음 가 본 마라탕집은 내가 생각했던 것과 많이 달랐다. 그냥 '마라탕'이라는 메뉴를 시키면 되는 줄 알았는데 재료를 하나하나 직접 고르는 바가 있었다. 바에는 재료가 많은데 나는 처음이라 무엇을 넣어야 할지 몰랐다. 그래서 친구를 따라 골랐다. 담은 재료의 무게를 재고 계산하는 방식이었는데 직원이 내게 더 골라야 한다고 말했다. 최소 7

천 원을 넘겨야 하는데 내가 너무 재료를 적게 담아 기준에 못 미쳤다는 것이다. 다 못 먹고 남길 거 같아 조금만 담은 건데. 그냥 7천 원 받고 계산해 주면 좋겠다고 생각했다. 0부터 3까지 맵기 단계도 골라야 했다. 1단계가 신라면 정도라고 해서 1단계를 선택했다. 재료를 담은 그릇을 카운터에 주니 금방 마라탕이 완성되었다.

조금 긴장한 상태로 마주한 마라탕. 처음 본 마라탕은 짬뽕 같은 느낌이었다. 일단 나는 가장 무난한 햄을 하나 집어 먹었다. '어? 아무렇지도 않네.' 걱정했던 것과 달리 뱉을 정도는 아니었다. 다음으로 유부를 먹고 숙주를 먹고 한 입 한 입... 깔끔하게 적당히 매운맛이 기분을 산뜻하게 바꿔주었고, 독특한 향신료 그리 맛도 강하지 않았다. 재료들이 서로 잘 어울려서 그럭저럭 괜찮았다. 그렇다고 엄청 맛있는 건 아니었다.

그 뒤로 문득 마라탕이 생각나 친구들과 몇 번 더 마라탕을 먹었다. 가면 갈수록 마라탕이 더 자주 생각이 났고 그 뒤로 나는 마라탕에 완전히 빠져들었다. 마라탕을 좋아하게 된 것이다!

그러나 가족 중엔 마라탕을 좋아하는 사람이 없고, 요즘은 친구들과도 자주 만나지 않아서 마라탕을 먹을 일이 많지 않아 아쉽다. 처음에는 나랑은 안 맞을 거라 단정했는데, 지금은 가장 좋아하는 음식 중 하나가 된 것이 신기하다. 먹어보지 않은 음식을 처음부터 거부감을 가질 필요는 없겠다고 생각하게 되었다. 싫어하는 음식도 무조건 밀어내기보다는 천천히 조금씩 먹기를 시도해 보면 점점 더 그 맛을 알게 되고 나중엔 익숙해지는 날도 오지 않을까?

그동안 왜 그렇게 편식이 심했는지 정확한 이유는 알 수 없지만, 아마 낯선 것에 대해 두려움을 느끼는 나의 성향과 관련이 있지 않을까 짐작한다. 이런 성향이 음식뿐 아니라 나의 생활 전반을 소극적이고 다양한 경험을 가로막는 이유가 되고 있을지도 모르겠다. 마라탕이 알려준 것은 그 맛뿐이 아니라 나의 성향도 되돌아보게 해 주었다. 글을 쓰는 지금도 입안에 기분 좋은 매운맛이 느껴진다. 주말엔 엄마, 아빠에게 마라탕을 먹자고 이야기해야겠다.

{ 양혜원 }

어묵 김칫국을 기억해

쌀쌀했던 고등학교 2학년 1학기 중간고사 첫날이었다. 영어, 윤리와 사상, 경제 세 과목을 다 검토할 새도 없이 시간에 쫓기며 시험을 봤다. 긴장해서 손은 땀이 나고 차가워졌다. 굳이 채점하지 않고도 시험을 망친 것을 알았다. 네 번 연속 답이 3번으로 나온다든가 나는 답으로 3번이 가장 많이 나왔는데 주변에서 4번이 가장 많이 나왔다는 말을 들었을 때 어렴풋이 알 수 있다.

친구가 나한테 "시험 잘 봤어?"라고 물으면 나는 "아니, 못 봤어."라고 대답했다. 이번에는 내가 친구에게 "너는 시험 잘 봤어?"라고 물으면 친구도 "아니, 나도 못 봤어"라고 대답했다. 시험 잘 봤냐고 물으면 슬퍼지는 대화가 된다. 시험 결과가 실망스러워 웃음기 없이 딱딱하게 굳은 얼굴을 한 채 혼자 터벅터벅 급식실로 걸어갔다. 복도는 종례 시간에 휴대폰을 받은 학생들이 학교를 빠져나가느라 분주했다.

급식실로 가는 내내 생각했다. '이번 시험은 잘 보고 싶었는데. 저번 시험보다도 못 봤다. 문제는 어렵고 집중력은 떨어지고 욕만 늘어서 입만 험해지네. 성적표를 어디다 숨겨둬야 하나. 집에 가면 오늘 시험 잘 봤냐고 물어볼 텐데. 떳떳하게 시험 잘 봤다고 얘기하고 싶었는데. 불가능한 일인가? 공부를 더 해야 한다고? 휴대폰을 맡기고? 그런 삶을 살고 싶진 않은데.'

기계적으로 손을 소독하고 식판에 밥과 반찬, 뜨거운 어묵 김칫국을 받아 안내받은 자리에 앉았다. 밥을 앞에 두고서도 '공부 더 할 걸. 왜 안 했을까.'하는 자책과 비난을 하고 있었다.

어묵을 피해 빨간 국물을 한 술 떠먹었다. 어묵 김칫국이 너무 따뜻하고 맛있었다. 순간 눈물이 날 뻔했다. 모든 부정적인 생각도 자연스럽게 멈췄다. 촉촉한 눈으로 고개를 숙인 채 어묵 김칫국만 계속 떠먹었다. 아무리 힘이 들어도 어묵 김칫국처럼 따뜻하고 맛있는 음식을 먹으면 괜찮아질 수 있구나. 앞으로 힘든 일이 생기면 따뜻한 음식을 먹어야겠다고 다짐했다.

긴장으로 차가워진 손이 국물을 먹을수록 점점 따뜻해졌다. 어묵 김칫국을 먹기 전까지만 해도 음식을 먹다 우는 것은 만화적 연출이라고 생각했다. 음식을 먹고 눈물이 차오른 것은 처음이어서 당황스러웠다. 주변에 사람들이 있어 태연하게 눈물을 말렸다.

이날 이후로 쌀쌀한 시험 날이면 따뜻한 국물을 기대하며 급식실로 간다. 식단표를 확인하지는 않는다. 따뜻한 국물이 안 나오면 아쉽고 따뜻한 국물이 나오면 좋았다. 급식실에선 시험을 잘 봤든 못 봤든 뜨뜻한 국물만 생각했다. 힘든 시험 생각에서 벗어나는 몇 초가 힘이 됐다. '시험을 망쳤다고 인생까지 망친 것은 아니다.'라고 나를 다독이며 쌀쌀한 삶에 따뜻한 것을 들였다. 그러니 시험을 못 본 날이라 해도, 급식실 창문 너머로 보이는 나뭇잎에 머무르는 햇살을 보거나 오늘은 구름이 어떻게 생겼나 집 가는 길에 하늘을 한 번쯤 올려다보거나 인도 틈 사이로 피어있는 꽃을 보는 여유가 생겼다. 뜨끈뜨끈한 어묵 김칫국은 망친 시험만 보이고 생각하던 나에게 시험이 인생의 전부가 아니라는 잊기 쉬운 사실을 알려줬다.

인생에는 시험처럼 날 힘들게 하는 것도 있지만, 어묵 김칫국처럼 따뜻하게 해주는 것도 있음을 알았다. 시험 성적이 의욕을 잃게 만든다면, 따뜻하고 맛있는 음식과 부엌 창문으로 불어오는 따뜻한 바람, 내리쬐는 황금빛 햇빛은 나를 살게 한다. 이런 순간이 삶에 많이 생기면 좋겠다. 인생을 살면서 자주 쉽게 잊어버리지만, 그보다 더 자주 기억해 내고 싶다.

{ 김정윤 }

음식, 좋은 추억이지만
때로는 안 좋은 추억

나는 초등학교 때부터 고등학교 2학년인 지금까지 부모님께서 아침밥을 차려주신다. 그 중에서 나는 아빠가 밥에 계란프라이를 만들어서 넣고 비벼주는 간장계란밥에 대해 말해보려고 한다. 간장계란밥은 만드는 것이 간단해 누구나 따라 할 수 있고 정말 맛있다. 초등학교 5학년 때 처음 간장계란밥을 먹었을 때, 이렇게 황홀하고 날아갈 것 같은 음식도 있구나,라는 생각이 들었다.

그런데 중1 때 아침에 간장계란밥을 먹었을 때, 갑자기 몸에 이상이 생겼다. 속이 안 좋아지면서 구토를 했다. 학교 대신 병원으로 바로 갔는데, 장염이라고 하였다. 퇴원한 후 집에 와서도 계속해서 속이 안 좋아서 3일 동안 침대에 누워있었다.

이후부터 아빠가 간장계란밥을 했을 때 또 저번과 같은 상황이 일어날 것 같아서 한동안은 먹지 않았다. 이 음식을 볼 때마다 진절머리가 날 것 같이 너무 싫었고, 자꾸 아팠던 생각이 나 더욱 싫었다. 서너 달 동안은 먹지 않았다. 그렇게 중학교 1학년은 끝이 났다.

2학년이 되고 난 후에, 다시 그 음식을 먹는 날이 왔다. 너무 먹기 싫었지만, 그래도 아빠가 나를 위해 열심히 차려주신 것이고, 또 아빠가 가장 자신 있는 음식이기에 다시 한번 먹게 되었다. 오랜만에 맛본 간장계란밥은 예전처럼 하늘을 나는 듯 설레는 느낌이 들었다. 약 서너 달 동안 아빠가 해주신 그 음식을 못 먹었을 때는 아빠한테도 조금 미안하기도 했었다. 하지만, 다시 이 음식을 먹었을 때는 다시 처음 먹었을 때 받았던 느낌이 들었다.

그 이후, 고등학교 1학년이 되었다. 고등학교 때는 중학교 때보다는 정말 잘 먹었고, 아빠가 그 음식을 해주실 때마다 정말 기분 좋게 먹었다. 항상 맛있는 음식을 해주셔서 너무 행복하고, 하루를 기분 좋게 시작할 수 있어서 기분이

날아갈 것 같았다.

고등학교 2학년이 된 지금도 가끔 이 음식을 해주시는데, 먹을 때마다 장염에 걸렸던 기억과 그 이후에 꺼려했던 기억들이 생생하게 살아나 웃음이 나왔다.

비록 안 좋은 일이 있었지만 그것을 이겨내고 다시 먹으니 다시 새로운 추억을 만든 것 같아서 행복했다. 안 좋은 일을 이겨낸 것은 부모님의 사랑이 이 음식에 담겨졌기 때문인 것 같다. 지금도 항상 감사한 마음으로 먹는다. 이런 추억도 다 부모님께서 이렇게 음식을 해주셔서 생긴 것 같아 또 감사하게 된 것 같다. 누구나 추억이 있고, 트라우마도 있지만 나는 부모님의 사랑하는 마음으로 추억도 생겼다.

{ 한희서 }

연어 먹는 날

우리 집은 식구가 많다. 엄마, 아빠, 나, 쌍둥이 여동생과 조부모님까지. 한 지붕 아래 모여 사는 것은 큰 장점이 있지만, 단점도 존재한다. 바로 모든 식구들의 입맛에 맞는 음식을 고르기 힘들다는 것이다. 일곱이나 되는 우리 집 식구들은 입맛이 제각각이다. 사실 그중에서 가장 편식이 심한 건 나지만, 다른 가족들도 만만치 않다. 할아버지의 입맛에 맞는 음식은 할머니의 입맛에는 짜고, 엄마의 입에 착 붙는 매운맛은 아빠가 물을 세 컵이나 들이키게 만든다. 심지어 동생들이 먹고 싶다며 조르는 낙지나 조개는 내가 싫어한다.

하지만 우리 가족들이 가장 기피 하는 음식은 따로 있었다. 나를 제외한 여섯 식구가 고개를 젓게 만드는 음식. 오직 나만이 행복해지는 음식. 그건 바로 연어 초밥이다. 그래서 연어 초밥은 우리 집에서 아주 희귀한 아이템이다. 쿠우쿠우에 가거나 회전초밥 집으로 외식을 가는 날은 배가 부르게 먹을 수 있어도 그런 날이 흔한 건 아니니까. 매일 연어를 먹으며 살고 싶은 나에게 입맛에 대한 식구들과의 문제는 그 무엇보다 심각해야 마땅했다.

그렇지만 우리 가족의 취향 차이로 인해 내가 속상함을 느끼는 일은 별로 없다. 아주 가끔 먹을 수 있는 이 연어의 의미가 나에게는 특별하기 때문이다. 연어 초밥은 내가 가장 좋아하는 음식이면서, 내게 가장 따뜻한 음식이다.

어떻게 연어 초밥이 따뜻하냐고 묻는다면 당연히 온도 자체를 말하는 게 아니다. 학교에 다녀와서 기운이 없는 날에, 표정 하나로 컨디션을 알아주시는 할머니께서 내 걱정을 해주시며, 사다 줄까? 하시는 음식이고. 입맛이 없어 끼니를 거르고 학원을 다녀오면 부모님이 말없이 냉장고에 사다 놓아주시는 음식이다. 또 뷔페에 가면 자기들은 먹지도 않는 연어 초밥을 담아 온 동생들이 내게 먹으라며 주고 가는 음식이다.

엄마, 아빠, 나, 쌍둥이 여동생과 조부모님까지. 한 지붕 아래 모여 사는 것에 가장 큰 장점은 서로를 누구보다 가까이에서 아껴줄 수 있다는 거다. 제각각인 입맛도, 성격도, 습관도 다 품어준다. 맞지 않는 취향을 조율하거나 양보한다. 서로를 보살피고 위로해줄 수 있다. 제각각인 입맛을 맞출 수 있었던 가장 큰 비법은 사랑이었다.

그러니 가끔 먹는 나의 연어 초밥은, 집에서 5분 거리 아울렛 지하 1층에서 살 수 있는 최고의 행복이고, 내가 사랑받고 있다는 증거다. 더 좋아하는 것을 먹고픈 욕심을 저 멀리 미뤄두고서, 입맛이 없는 손녀, 딸, 언니인 나를 위해 기꺼이 가지고 와주는 음식이니까. 온갖 정성과 걱정과 사랑이 들어간 이 음식을, 나는 좋아하지 않을 수 없다.

4장

친구로 태어나서

{ 양혜원 }

크면 같이 살자

10살이던 어느 주말, 땀이 뻘뻘 나는 여름 햇빛 아래 친구 유성이랑 놀이터로 걸어가고 있었다. 도란도란 이야기를 나누던 도중 유성이는 갑자기 말했다.

"나중에 커서 어른이 되면 같이 살자."

나는 기뻐하며 "그래!"라고 대답했다.

아무도 없는 놀이터에 도착해 우린 같이 사는 미래를 배경으로 한 역할극을 하며 놀았다. 미끄럼틀은 우리 둘이 같이 살 집이었다. 유성이는 내게 "너는 미래에 직업이 뭐야? 월급은 얼마 받아?"라며 구체적인 질문을 했다. 착실히 대답한 나는 월에 200만 원 버는 공무원이었고, 유성인 아직 본인은 직업도 월급도 정하지 않았다고 했다. 둘 다 상상력이 부족해 역할극은 더 나아가지 못하고 지루해져 10분도 안 돼 끝났다.

그래도 미래에 대한 대화는 멈추지 않았다. 우리는 둘 다 고양이를 좋아했다. 유성이는 결혼을 안 할 거라고 했다. 유성이는 나중에 같이 살게 될 집에서 고양이도 키우자고 했다. 하늘에 노을이 지고 있었다. 해가 모습을 완전히 감추기 전에 헤어질 시간이었다.

집에 와 손 씻고 저녁을 먹으면서 가족들한테 오늘 있었던 일을 이야기했다. 나중에 어른이 되면 친구랑 같이 살기로 약속했다고.

"친구랑 같이 살면 싸울걸."

어머니 말씀에 아버지께서도 "분명 친구랑 싸울 거야." 라고 말씀하셨다. 나는 싸워도 친구랑 같이 살고 싶었다.

'싸우면 어때서. 다시 화해하면 되지. 부부는 안 싸우나?'

속으론 이런 생각을 했지만, 입 밖으로는 "그런가."하고 대답했다.

밥을 다 먹고 방에 들어가 휴대 전화로 '고양이 키울 때 주의할 점 5가지' 같은 제목의 글을 찾아 읽었다.

10살의 나와 유성이는 무슨 돈으로 집을 살지 생각하지 않았다. 어느 지역에서 살고 싶은 지도 정하지 않았다. 집을 구하는데 얼마만큼의 돈이 드는지도 몰랐다. 집이 몇 평인지 방은 몇 개고 화장실은 몇 개로 할지 논의하지 않았다. 대신 나는 수영을 할 수 있을 만큼 큰 욕조를 가지고 싶다고 했다. 막연히 같이 살고 싶다는 말만 공유했다. 그런 구두 약속을 기뻐하며 마음 한구석에 간직했다. 아무 걱정 없이 언젠가 정말 유성이와 내가 같이 살날이 올 것으로 생각했다.

유성이에게 생일선물을 주었고, 유성이에게 생일선물을 받을 때쯤 유성이와 멀어졌다. 유성이의 소식도 모른다. 나중에 같이 살자는 약속은 자연스럽게 무효가 됐다.

유성이와 멀어졌다고 해서 그 일이 아무 의미가 없어진 것은 아니다. 나는 유성이와 멀어진 후 다른 친구와 또 나중에 같이 살자고 약속했다. 유성이가 미래에 친구와 같이 살 수도 있다는 가능성을 열어주었기 때문이다.

10살 때 내 계획은 스무 살쯤에 공무원이 돼서 25살에 남자와 결혼한다는 계획뿐이었다. 17살이 된 지금은 전혀 다르다. 유성이와 같이 살자고 약속한 순간은, 얼굴도 모르는 남자의 자리만 있던 미래의 내 옆자리에 새롭게 친구의 자리를 만든 첫 순간이었다. "어른이 되면 같이 살자"는 말은, 서로의 미래에 계속 함께 하길 바란다는 말이었다. 미래에, 곁에 얼굴도 모르는 남자 말고, 마음 맞는 친구를 두어도 괜찮다는 것을 처음 알았다. 마음이 통하는 친구를 만났을 때 "벌레는 잘 잡아?", "집안일은 뭐 담당할래?" 이런 질문을 나누며 친구와 미래를 그렸다. 나는 청소기 담당, 친구는 설거지 담당이 됐다. 친구랑 나 둘 다 벌레는 못 잡아서 벌레 잘 잡는 친구가 한 명 더 있으면 좋겠다고도 생각했다.

어느덧 아는 것이 많아진 나는, 고양이를 키울 수도, 식물을 키울 수도 없다. 친구와 나중에 크면 같이 살자고 너무 쉽게, 덥석 약속할 수도 없다. 생명을 키우는 데에는 꾸준한 정성과 엄청난 시간이 필요하다. 계획에 없던 큰 지출이 생길 수도 있다. 같이 살자는 말은 지키지 못할 약속이 될 수도 있다는 걸 안다. 그럼에도 불구하고 다시 내 입에서 친구에게 같이 살자고 말할 수 있는 날이 오면 좋겠다. 친구와 같이 살아보고 싶다는 꿈은 마음에 여전히 남아있다.

너와 함께한 30만 걸음

나는 중학교 2학년 때까지 버스를 타고 등하교했다. 전교생이 900명이 넘다 보니, 하교 시간이 되면 학교 앞 버스 정류장에는 피곤에 지쳐 집에 빨리 가고픈 학생들이 몇십 명씩 계속 모여, 이를 뚫고 지나가기조차 어려운 수준이었다.

게다가 우리 학교 옆에 있는 남자 중학생들은 한 정거장 앞에서 버스를 타기 때문에, 힘들게 기다린 버스가 오더라도 더 사람을 태우지 못하는 경우가 흔했다. 햇볕이 따가울 만큼 무더워도, 비가 주룩주룩 내려도, 눈이 펑펑 내려 머리 위에 하얗게 쌓여도 눈앞에서 10분에 한 번 오는 버스를 몇 번씩이나 그냥 보내야 하는 일이 다반사였다. 겨우겨우 버스에 올라도 추운 겨울에조차 덥고 습한 공기가 가득

한 버스 안에서 사람들 사이에 짓눌리듯 끼어, 말 그대로 '지옥 버스'를 타고 집에 갔다. 초등학생 때는 만화에 나오는 지옥 버스가 과장이라고 생각했는데 전혀 아니었다. 그렇다고 대략 5kg에 달하는 가방을 메고서 2km 떨어진 우리 집까지 30분간 걷는 일은 내 어깨와 내성 발톱 염증으로 고통스러워하는 발에게 너무 가혹했기 때문에 나는 버스를 선택할 수밖에 없었다.

중학교 3학년 1학기 기말고사를 앞둔 6월 말, 학교에서 자주 대화하며 같이 다니던 친구인 은교와 함께 교문을 빠져나온 어느 더운 날이었다. 그날의 버스 정류장에는 사람이 유난히 많았다. 보자마자 한숨부터 나왔다. 옆에 있던 은교가 말했다.

"우리 그냥 집까지 걸어갈까?"

은교네 집은 걸어서 15분밖에 되지 않기 때문에 걸어가는 편이 버스를 기다리는 것보다 나을 수도 있었지만, 나는 은교네 집에서도 15분을 더 걸어야 했다.

"이 더운 날 그 먼 거리를 어떻게 걸어가?"
"그럼 넌 기다렸다가 버스를 타. 나는 그냥 걸어 갈래."

친구로 태어나서

은교가 날 두고 그냥 가려고 했다. 혼자 버스를 기다리는 게 너무 낯설어서 나도 모르게 은교를 쫓아갔다. 무거운 가방을 메고 땀을 뻘뻘 흘리면서 걷는 건 역시나 힘들었다. 그런데 날마다 걸어서 집에 가다 보니 힘든 것도 점점 줄어들었다.

파릇파릇 나뭇잎이 알록달록한 색깔 옷으로 갈아입은 가을. 아직 모기가 기승을 부리고 있는 후덥지근한 날씨였지만, 그래도 나는 은교와 둘이 집까지 걸어가며 수다 떠는 시간이 좋았다. 우리가 이야기 나눈 것들은 단풍이 물든 가로수들이 일렬로 길게 늘어선 거리를 천천히 걸으며 이번 시험이 어쨌느니, 오늘은 무슨 일이 있었다느니, 유튜브에서 본 영상이 웃겼다느니 하는, 정말이지 시시콜콜한 주제들이었다. 가볍고 별거 없는 내용이지만 정말이지 재밌었다.

은교는 나와는 성격이 매우 다르다. 은교의 첫인상은 무섭기까지 했다. 그런데 우리는 유머 코드와 취향이 비슷했다. 가끔 편의점에서 음료수랑 라면 같은 것들을 강제로 이것저것 안겨주고서 사주는 '소매 넣기'를 당하곤 테이블에서 같이 먹기도 했다. 그렇게 은교를 집에 데려다주고 집을 향해 마저 걸어갈 때는 아쉬운 마음을 지우지 못한 채 조금 더 얘기하고 싶다고 생각했고, 가끔은 내 집까지 걸어

가는 15분 동안 영상통화를 하기도 했다. 그만큼 긴 듯하나 짧게 느껴지는 15분은 나에게 너무도 즐거운 시간이었다.

달력이 넘어가는 동안 학교에서 함께 있는 시간도 점점 늘어나고, 은교와 더욱더 친하게 지내게 됐다. 2학기 시험 기간에는 그동안 가본 적 없었던 스터디카페도 은교와 가 봤고, 화상 전화 프로그램인 줌을 켜서 서로에게 문제를 내 주거나 늦은 새벽까지 전화하며 공부하기도 했다. 나는 원 래 시험공부를 미루고 미루다 발등에 불이 떨어지면 벼락 치기를 하는 성격이었는데, 은교는 계획적인 성격이다. 매 일 뒹굴거리며 게으름을 피우고 있는 나에게 은교는 공부 도 좀 하라며 애정이 담긴 잔소리도 해주었다. 덕분에 나름 대로 열심히 공부하려고 애썼던 기억도 난다.

시험 기간이 지나면 서로 고생했다며 주말에 만나 노래 방에 가고 마라탕도 먹으면서 신나게 스트레스를 풀었다. 나는 그동안 '몸이 멀어지면 마음도 멀어진다.'는 말이 어 느 정도는 맞다고 생각해왔다. 예전에도 친한 친구는 많았 지만 대부분 해가 바뀌고 반이 갈리면서 자연스레 연락을 잘 안 하고 지냈는데, 이렇게 매일 연락하고 주말에 자주 만나서 놀 정도로 친해진 사람은 은교가 처음이었다.

모든 시험이 끝난 12월에는 은교네 집에서 파자마 파티를 하기로 했다. 그런데 공교롭게도 은교가 그날 코로나에 걸리는 바람에 1월로 미뤄졌다. 무척이나 아쉬운 기분이었지만, 그래도 겨울방학에 많이 놀기로 했다. 크리스마스 이브에는 만나서 선물 교환을 하고, 부평문화의거리에서 온종일 놀았다. 겨울방학을 하고 나서는 미뤄놓았던 파자마 파티를 했다. 고기를 맛있게 굽고 채소를 이것저것 넣어서 월남쌈을 먹고, 야식으로 떡볶이도 만들어 먹고 보드게임도 하면서 새벽 5시까지 수다를 떨었다. 결국 다음 날 낮 12시가 다 돼서 일어나버리는 바람에 원래 8시에 일어나려고 했던 계획이 틀어져 고양이 카페밖에 가지 못했다. 그리고 2주 뒤에는 서울 시청 광장 스케이트장에 가서 발목이 아프도록 스케이트를 탔다.

개학하니 2월, 중학교 졸업까지 일주일을 남겨둔 날이었다. 하루도 빠짐없이 은교와 등하교를 같이 했다. 그러다 같은 반에서 보낼 수 있는 마지막 날인 금요일이 왔다.

그날따라 은교는 지뢰 찾기 게임에 빠져서는 내가 옆자리에 있었는데도 쉬는 시간에 잘 대화해 주지도, 놀아주지도 않았다. 사실 목요일에도 거의 종일 핸드폰을 놓지 않고 있었기에 '내일은 마지막 날이니까 온종일 놀아주지 않을까?' 하며 약간은 서운한 마음을 누르고 있었는데, 금요일에 터져버리고 말았다.

은교는 5교시 스포츠 시간이 되어서야 내가 단단히 삐졌다는 것을 눈치챘는지, 뒤늦게 나를 쫓아왔다. 내 팔을 잡는 은교의 손을 온 힘을 다해 뿌리치고 도망치듯 학교를 나왔다. 그동안 은교한테 삐진 적은 많았지만, 제대로 된 이유는 말해 준 적이 없었다. '이렇게 사소한 일로 삐진다고 날 미워하면 어쩌지.'라는 두려움 때문이었다. 상대방의 감정에 예민한 나와 달리, 은교는 감정 소모를 별로 좋아하지 않으니, 은교에게 더 피해를 주기 전에 내가 먼저 곁을 떠나는 게 나을 것 같다고 판단했다.

은교는 그날 처음으로 우리 집까지 따라왔다. 내가 좋아하는 카페 음료수를 안겨 주기도 했다. 그러곤 왜 마음이 상했는지 집요하게 이유를 물으며 내가 말할 때까지 나를 놓아주지 않았다.

"마지막 날인데 네가 놀아주지 않았잖아. 그래서 서운했어…"

나는 기어들어 가는 목소리로 겨우 말했다.

"미안해."

은교가 잠시의 망설임도 없이 말했다. 진심이 담긴 목소리였다. 평소에는 짓궂게 장난치고 놀리던 은교였는데, 이 한마디에 내 마음이 다 풀어지고 말았다. 그리고 바로 그 다음 날부터 무슨 일이 있었냐는 듯 평범하게 연락을 주고받았다. 졸업식 날에는 서로 다른 고등학교에 가게 된 것을 아쉬워하며 사진을 잔뜩 찍었다. 졸업식이 끝나고, 각자 가족과 밥을 먹고 다시 만나서 놀았다.

3월 말에는 은교의 생일이 있었다. 생일 기념으로 경복궁에 가 한복을 입고 돌아다녔다. 경복궁에 대해서 아는 게 거의 없는 나에게 은교가 여러 이야기를 해줬다. 그 덕분에 중요한 의미가 있는 장소마다 사진을 찍을 수 있었고, 그 사진으로 국사 문화재 발표 수행평가에서 만점을 받았다. 고등학교 생활이 너무 바빠 그 후로 잘 놀지 못하고 있지만 연락은 매일하고 있다.

하루에 2500걸음, 일주일에 12500걸음, 한 달에 50000 걸음, 반년 동안 약 30만 걸음을 걷고, 놀러다니고 친하게 지내는 동안, 나는 기다리는 것도 즐거울 수 있다는 것을 알았다. 1시간을 기다려도 은교를 볼 수 있다는 생각에 지치지 않았다. 말이 잘 통하는 친구 한 명만 있어도 정말 행복하다는 것도 깨달았다.

2년이 지나는 동안 나와 여전히 가장 가깝게 지냈고, 앞으로도 함께 걸어 줄 내 친구 은교에게 감사를 전한다. 이 글을 읽는 독자들도 어떤 상황에 있든지 옆자리를 지켜주는 친구가 있다면 그와 평생 소중한 관계를 잘 만들어 가면 좋겠다.

친구로 태어나서

{ 권정은 }

너는 나, 나는 너

초등학생 때 책에서 '가짜 친구 백 명보다 진짜 친구 한 명이 더 낫다'라는 구절을 읽었다. 당시 같은 반 친구에게 준 편지에 이 문장을 썼을 정도로 나는 이 구절을 좋아했고, 내 인간관계의 모토로 삼았다. 하지만 어떤 면에선 나를 관계에 집착하도록 만든 것 같다.

내가 친구들에게 나도 모르게 집착한다는 것을 처음 느꼈던 건 중학교 3학년, 고등학교 지망 순위를 적을 때였다. 나에겐 정말 소중하고 가족과도 같은 친구가 두 명 있는데, 각각 유치원과 초등학교 때부터 같은 학교를 다니며 친하게 지냈다. 겹치는 학원도 많았으니 늘 붙어다녔다고 볼 수 있다. 그런데 고등학교는 달랐다. 나는 1지망으로 부평여고를 써서 오게 되었고, 그 두 친구는 명신여고에 가게 되었다. 심지어 1학년 때 둘은 같은 반이 되어 전보다 더 많은 시간을 함께 보내게 되었다. 그 친구들에게 말한 적은 없지만 나는 속으로 굉장히 씁쓸했다.

내가 가장 외로움을 느낀 순간은 이상하게도 혼자 있을 때가 아니라 그 친구들과 함께 있을 때였다. 학원 수업이 시작하길 기다리는 동안, 둘만 알고 나는 모르는, 그 학교에서 일어난 일을 이야기하는 일이 잦았다. 학원에서는 학교별로 나눠서 내신 준비 수업을 한다. 그러면 학원이 끝나는 시간도 학교에 따라 달라지는데 나는 친구들과 같이 집에 가고 싶어서 주로 내가 그 친구 수업이 마치길 기다렸다.

함께 집에 돌아갈 때도 나는 계속 명신여고의 한국사 선생님 얘기를 들어야 했다. 한국사 수업할 때 있었던 일, 한국사 선생님과 대화했던 내용, 한국사 선생님과 카톡 했던 일 등등…. 처음 한두 번은 '그 선생님을 좋아하는구나. 좋은 선생님인가 보다.'라고 생각했지만 갈수록 지겨워졌다. 나는 이때 처음으로 얼굴도 목소리도 모르는 다른 학교의 선생님이 싫어졌다. 나와 친구와의 관계에 끼어든 방해자 같아서 싫었다. 그 한국사 선생님이 나와 친구의 대화를 전부 빼앗아 간 악당처럼 느껴졌다. 내가 친구들을 좋아하는 만큼, 친구들도 나랑만 친하길 바랐다.

하지만 약 1년 정도가 지난 지금, 나는 더 이상 그 친구들과의 관계에서 외로움을 느끼지 않는다. 나도 이 두 명만큼은 아니지만 1학년 때 같은 반이었던 친구들과 두루두루 친해졌고, 2학년이 된 지금까지도 좋은 관계를 유지하고 있다. 또, 이제는 시험이 끝날 때마다 떡볶이를 먹고 노래방에 같이 가는 '노래방 메이트'도 생겼다.

이전에 나는 '진짜 친구와 가짜 친구'에 지나치게 집착했던 것 같다. 나에게 진짜 친구는 학교에서만 같이 노는 친구가 아니라, 약속을 잡아서 밖에서도 따로 놀 수 있을 만큼 편하고 이번 학년이 끝나더라도 계속 연락하고 싶은 친구였다. 나에게 가짜 친구는 그저 이번 일 년 동안만 함께 노는 친구고, 1년이 지나면 더 이상 연락하지 않을 것 같은 친구였다. 내 마음대로 만든 '진짜와 가짜'의 기준으로 친구들과의 관계를 판단하고, 멋대로 외로움을 느끼고 쓸쓸해 했다.

하지만 지금은 학교가 달라서 만나는 횟수가 줄어들어 몸은 멀어졌다 해도 꾸준히 연락하고 있으니 마음은 멀어지지 않았음을 알고 있다. 사실 그 친구들은 내 생일 때마다 언제나 까먹지 않고 열두 시가 되자마자 축하 해주고, 시험이 끝날 때마다 수고했다며 서로를 격려했다. 나에게 그 친구들이 소중한 존재인 만큼, 그 친구들에게 나도 소중한 존재라는 걸 예전엔 깨닫지 못했다. 괜히 혼자 불안해했다.

다른 고등학교에 가지 않았다면 난 계속 이 친구들에게 집착하며 다른 친구들과의 관계에 제대로 신경 쓰지 못했을지도 모른다. 그 친구들과 노는 것도 충분히 재미있지만, 노래방 메이트와 시험이 끝난 후 노래방에서 네 시간 내내 목이 쉬도록 노래를 부르는 것도 재미있고, 지금 같은 반 친구들과 자습시간에 핸드폰으로 우노 게임을 하는 것도 재미있고, 보드게임 카페에서 여러 게임을 하는 것도 재미있다.

가수 양희은이 '모든 인간관계는 바람이 들어올 만큼 선선한 관계여야 한다.' 라고 말한 적 있다. 전에는 무슨 뜻인지 잘 이해되지 않았는데, 이제는 내 경험을 바탕으로 나름의 해석을 할 수 있다. 선선한 관계라는 건 나랑만 놀아야 한다는 생각에서 벗어나는 정도의 거리감을 가져야 한다는 의미인 것 같다. 너무 집착해서 억지로 만든 가까운 관계는 다른 관계를 끊어버리고 자신을 다른 사람들로부터 고립시킬 수 있다. 마치 1년 전의 나처럼 가까운 관계가 있음에도 더 외로울 수 있다는 것이다. 따라서 나는 앞으로 내 친구들과 지금처럼 선선한 관계를 유지하고 싶다.

{ 최주원 }

특별한 선물

길지도 짧지도 않은 열여덟 내 인생, 돌아보면 많은 친구들을 만났다. 그중에는 소원해진 친구도 있고 여전히 만남을 이어가는 친구도 있지만, 내게 특별한 두 친구 이야기를 하려고 한다. 바로 예지와 채아다.

중학교 때 처음 보았던 예지는 친구의 친구였을 뿐 같은 반이 되거나 따로 만나서 어울린 적도 없어 그냥 조용하고 얌전한 아이라고 생각한 정도였다. 그런 예지와 친해진 것은 고등학교에 입학하면서다. 나는 친한 친구가 없던 상황이라 걱정이 되었는데 반에 들어가니 익숙한 얼굴이 보였다. 예지였다. 마치 오랜 친구를 만난 것처럼 마음이 놓이고 반가웠다. 언제 어떻게 친해졌는지 정확하게 기억이

나지 않지만 등교하면 인사를 하고, 체육시간에 앉아서 얘기를 하고, 전화번호를 교환하면서 점점 가까워진 것 같다.

그 뒤로 우리는 많은 시간을 함께했다. 볼링을 치러 가기도 하고 보드게임 카페에 가고 둘 다 마라탕을 처음으로 먹어보기도 했다. 체험학습 날은 새벽부터 만나 밤늦게까지 함께 있었다. 친구를 쉽게 못 사귀는 내게 예지는 다양한 친구들과 만날 수 있는 자리를 만들어 주기도 했다. 그런 예지에게 나는 고마움을 느꼈다. 예지는 나에게 선물 같았다.

2학년에 올라오며 다른 반이 되었다. 얼굴도 자주 못 보고 연락하는 횟수도 줄어 이러다가 사이가 멀어지는 건 아닌가 걱정도 되었다. 예지가 없는 학기 초, 친구를 사귀지 못해 혼자 다니거나 다른 아이들의 무리에 껴서 지내느라 눈치를 보는 게 외롭고 답답해서, 1학년 때로 돌아가고 싶다고 생각했다. 바로 그때 "사탕 먹을래?"하며 예지가 우리 반으로 찾아왔다. 예지랑 이야기를 하니 답답했던 마음이 풀려버렸다. 덕분에 그날 하루를 즐겁게 보낼 수 있었다.

예지 생일날 축하를 해주었더니, 그날 밤 "고맙다"는 내용의 장문의 톡을 보내 왔고, 내 생일에도 진심으로 축하를 전했다. 다른 친구가 내 생일을 기억 못 해 서운했었는데 예지 덕분에 큰 위로가 되었다.

예지는 닮고 싶은 모습이 정말 많은 친구다. 생각이 깊고 맡은 일에 최선을 다하며 관계를 소중히 여길 줄 안다. 예지가 공유하는 사소한 일상은 나를 기분 좋게 해준다. 나는 늘 예지에게 많은 것을 받는 듯하다. 그래서 나는 선물 같은 내 친구 예지에게 늘 고맙다.

이제 또 다른 친구 채아를 얘기해야겠다. 누군가 나에게 채아가 어떤 사람인지 묻는다면 '조금은 이상하고 특이하지만 특별한 아이'라고 말하고 싶다.

채아의 첫인상은 '혼자 다니고 수업 시간마다 잠만 자는 아이'였다. 그런 채아가 이상해 보였고 나와는 친해질 리 없다고 생각했다. 채아에게 관심을 두지 않았고 1학기 동안 우리는 말 한 번 해본 적이 없다.

2학기 과학 탐구 실험시간 같은 조가 되며 처음으로 이야기를 하게 됐다. 채아의 첫마디를 듣고 나는 무척 당황했다.

"그런데 이름이 뭐야?"

아무리 안 친했어도 1학기가 다 지났을 때이니 반 친구들 이름 정도는 알고 있는 줄 알았다. 내 존재감이 그렇게 없었나, 하는 생각에 나는 좀 서운했다. 그런데 한 달 가까이 조별 활동을 하며 최종 발표가 끝난 뒤에는 채아와 부쩍 친해져 있었다. 알고 보니 채아는 이상하다기 보다 조금 특이한 친구였다.

체험학습으로 롯데월드에 갔을 때의 일이다. 귀신의집을 안 무서워한다던 채아는 막상 어두운 안으로 들어서니 무섭다며 누구보다 크게 소리를 질렀다. 정말 무서웠는지 욕설까지 해버렸다. 집에 오는 길엔 하루 종일 신나게 놀아서 지치고 힘들다며 스쿼트 자세로 걸어 주변을 웃음 바다로 만들었다. 학교에서 커터 칼로 연필을 깎을 때 커터 칼의 방향이 아래가 아닌 위로 향하게 한 채로 사용해서 엄청 놀랐던 적도 있다. 약속을 잡고 카페에서 만나기로 했을 때는 카페 이름을 잘못 알아 듣고는 혼자 다른 곳에서 기다린 적도 있었다.

진짜 엉뚱하다고 생각했지만, 시간이 지날수록 이런 모습이 채아의 개성이고 매력이며 채아를 특별하게 만든다는 걸 알게 되었다. 채아와 친구인 게 더 좋아졌다. 2학년 때도 같은 반이 되길 바랐지만, 채아는 이과였고 나는 문과여서 일찌감치 그 맘을 접어야 했다.

2학년이 되며 나는 1반, 채아는 7반이 되었다. 반이 멀어진 만큼 만나는 횟수도 줄어 들었지만, 복도에서 마주치면 인사하고 수학여행과 체육대회에서도 따로 만나 놀면서 지속적으로 만남을 가졌다. 작년처럼 매일 붙어있지는 않아도 여전히 우리는 서로에게 좋은 친구다.

나에게 선물 같은 존재인 예지와 특별한 친구 채아. 고등학교를 졸업하고 대학교에 가고 사회로 나가도 이런 멋진 친구들과 오랫동안 좋은 친구로 남고 싶다.

{ 이민지 }

친구

2월 어느 토요일이었다. 주말이었지만 이른 시각인 7시에 일어났다. 일어나자마자 난 약간은 피곤한 상태로 서둘러 외출 준비를 한 뒤 약속 장소였던 지하철역으로 향했다. 핫팩을 붙인 롱패딩을 입고 있었는데도 춥다는 생각이 들 만큼 추운 날씨였다. 평소보다 일찍 일어나 약간은 피곤한 상태에 추운 날씨까지, 평소라면 최악이라고 짜증을 냈을 텐데 그날은 이상하게 짜증이 나지 않았다. 오히려 그때의 나는 유난히도 신이 나 있었다.

열심히 지하철역으로 달려가니 나를 기다리고 있던 친구가 반갑게 인사를 해주었다. 분명 네 달 전에도 만났었는데 이상하게 몇 년 만에 만난 것 같은 느낌이 들었다. 그러면서도 어색하긴커녕 며칠 전에도 만났던 것처럼 친근한 정말 신기한 느낌이 들었다.

지하철 전광판을 확인하니 전철 도착까지 약 20분 정도가 남았다. 우린 그 막간의 20분을 사용하여 간단한 근황 토크를 했다. "요즘 어떻게 지내"라든가 "고등학교는 어디로 갈 거야"와 같은 정말 웃기지도, 재미있지도 않는 정말 그저 근황 이야기였다. 하지만 이야기를 하는 내내 나와 그 친구의 얼굴에는 웃음꽃이 활짝 피어 있었다. 그렇게 웃음꽃을 피우다 보니 어느새 전철이 도착했다. 체감상 떠든 지 몇 분 안 된 것 같은데 벌써 20분이나 지나 있었다.

운이 좋게도 지하철엔 사람이 많이 없었다. 우린 지하철 의자에 나란히 앉았다. 친구는 무언갈 확인하는 듯 계속 핸드폰을 들여다 보았다. 나는 그런 친구 옆에서 이어폰으로 노래를 들으며 잠시 생각에 빠졌다.

'처음이네. 친구와 지하철 타고 놀러가는 건...'

처음이었다. 친구와 이렇게 지하철을 타고 멀리 놀러 가는 건 말이다. 아 또 이 아이가 처음이다. 매번 그래 왔다. 매번 이 친구가 처음이었다. 내가 처음으로 먼저 보냈던 친구도, 처음으로 한 시간 넘게 통화를 했던 친구도, 또 그 통화가 처음으로 피곤하다고 생각 안 들었던 친구도, 처음으로 기프티콘이라는 걸 나에게 선물해 줬던 친구도 그 외에도 이런저런 추억에 처음은 전부 이 친구였다.

'하긴 이 친구는 가장 오래되고 가장 연락이 유일하게 왕성했던 친구니까...'

이런 생각을 하고 있던 도중 친구가 "우리 여기서 내려야 해."라고 말했다. 우리는 전철을 환승하기 위해 인터넷 지도를 보며 길을 찾아가기 시작했다. 타고난 길치, 방향치인 나는 저런 인터넷 지도나, 길 찾기 앱을 봐도 길을 자주 헤매는데, 저 아이는 어떻게 가본 적도 없는 곳을 잘 찾아가는지 그저 대단하고 신기할 뿐이다.

그렇게 우리는 다음 전철을 타고 목적지로 향했다. 한 30분 정도 갔을까? 우린 전철에서 내려 걷고, 걷고 또 걸었다. 우리의 목적지인 '서울랜드'에 도착했다. 세상에나 설마 내가 서울랜드에 다시 올 줄이야, 정말 꿈에서도 상상 못 한 일이었다. 가족이 아닌 친구와 같이 서울랜드에 가는 건 말이다. 정말 세상을 살다 보면 상상치도 못한 일들이 생기는 것 같다. 나 같은 경우에도 절대 안 친해질 것 같은

이 친구와 놀이공원에 올 정도로 친해졌으니 말이다.

　솔직히 말해서 지금은 나의 수많은 추억들의 처음이 되어 준 친구가 되었지만, 이 친구를 처음 보았을 땐 그저 같은 반에서 조금 친한 여자애. 딱 그 정도 느낌이었다. 신기하게도 초등학교 6년 동안 이 친구와 무려 3번이나 같은 반이 되었고 그 같은 반이었던 학년 동안 싸우기도 겁나 싸웠다.

　그 때문이었을까? 이 친구와 같이 있으면 이상하리 만큼 마음이 편해진다. 나는 평소 친구들한테 민폐를 끼치면 안 된다는 생각으로 나를 감출 때가 많다. 그런데 이 친구와 있으면 나를 감추는 게 아닌 나를 자꾸 드러내게 된다. 나다운 나를 보여줄 수 있게 해준다. 예전엔 우리가 이 정도로 소중한 친구 사이가 될 거라고는 정말 상상도 못 했다. 심지어 멀고 낯선 곳에 있는 서울랜드에 같이 올 거라는 생각은 더더욱 할 수 없었다.

　이런저런 생각을 하는 사이 우리는 서울랜드 안에 들어가 있었다. 맞다. 지금 이 친구와 어떻게 친해졌는지가 중요한가? 이곳에서 재밌게 노는 게 중요하지!

나는 웃으며 친구를 향해 말했다.

"야, 우리 회전목마 탈래?"
"헐, 완전 좋아!"

우린 회전목마 쪽으로 뛰어갔다. 2월의 어느 토요일. 그
날은 내가 유난히 신이 나 있던 날이었다

답 없던 사이

정빈이를 처음 만난 건 초등학교 5학년 눈이 펑펑 내리던 한겨울이다. 히터가 빵빵한 예배실은 후덥지근했고, 교회에 처음 와본 것 같은 어색한 표정으로 내 옆옆 자리에 앉은 정빈이는 땀을 뻘뻘 흘리고 있었다. 교회에 새로운 친구가 오다니! 마음이 들뜨면서 예배에 집중하지 못한 나는 정빈이 쪽을 계속 힐끔힐끔 바라보았다. 예배 시작 중간이라 정빈이에게 함부로 말을 붙일 수도 없는 상황이었다. 3곡이 넘는 찬양을 하고, 부장 선생님의 대표 기도가 이어졌다. 정빈이는 연신 자기 쪽을 힐끔거리는 내가 전혀 신경 쓰이지 않는다는 듯이 멀뚱하고 어색한 표정으로 정면만 응시하고 있었다. 큰 키로 무뚝뚝한 분위기를 풍기는 정빈이가 조금 무섭게도 느껴져, 친해지기 어렵겠다는 생각이

들기도 했다. 하지만 엄마 뱃속에서부터 다닌 이 교회에서는 나는 무서울 게 없었다. 또 교회에 동갑내기 여자 친구가 한 명밖에 없던 삭막한 환경에 갑자기 나타난 정빈이가 유독 마음에 들었다.

마지막으로, 라는 말을 세 번째 반복하셨다는 사실을 모르시는 부목사님의 설교가 정말로 끝이 났다. 간식으로 내가 좋아하는 불고기 햄버거가 나왔는데도 내 관심은 오직 새 친구뿐이었다. 나는 목소리 톤까지 반 키를 높여가며 살갑게 말을 걸었다. 안녕? 하는 인사에 어느 초등학교를 다니냐는 질문까지 덧붙였다.

정빈이는 내 질문을 무시하지 못해 어절수없이 대답해주는 것 같았다. 안녕, 나 xx초등학교 다녀. 우리는 같은 초등학교였다. 하지만 내가 같은 학교라는 말에 눈이 번쩍 뜨여 반가운 마음에 다른 말을 물을 새도 없이 정빈이는 벌떡 일어나 먼저 집으로 가버렸다.

그 후로 정빈이는 안녕, 하고 했던 인사가 사실은 작별 인사가 아니었을까, 라고 생각될 만큼 반년이 지나도록 다시 교회에 나오지 않았다. 교회 선생님께서 우리에게 정빈이가 교회에 나오도록 연락을 한번 해보라고 하셨다. 하지만 첫 만남에 정빈이의 시큰둥한 반응으로 빈정이 상한 내가 그 말을 들을 리 없었다. 하지만 '네 이웃을 사랑하라'라는 감동적인 설교를 듣고 마음이 바뀐 나는 떨리는 마음으로 정빈이에게 문자 메시지를 보냈다.

'정빈아 안녕! 나 희서야. 이번 주에 교회 올 수 있어?' 대답은 5시간 만에 돌아왔다. 따뜻한 집에서 레이디버그 만화를 보던 중 잊고 있던 답장이 오자 휴대폰에 코를 박고 살폈다. '안녕. 근데 나 지금 밖이라 이따 다시 문자 할게.' 여전히 조금 딱딱해 보이는 정빈이가 보낸 답 문자가 나는 꽤 만족스러웠다. 바쁜가 보다! 그렇게 생각한 나는 잠시 정빈이와의 문자를 잊고 있기로 했다. 이따 다시 연락이 오겠지. 그렇게 지난 5년의 시간이 지났다.

그리고 시간이 흘러 고등학교 입학 첫날, 친한 친구가 한 명도 없던 나는 정자세로 앉아 익숙한 뒤통수를 좇았다. 그때 정빈이가 눈에 들어왔다. 정빈이는 노란 표지의 책을 읽고 있었고, 그게 무슨 책인지 궁금했지만 먼저 말을 붙이지는 못했다.

사춘기가 지나며 친화력이 많이 떨어진 나는 더 이상 처음 보는 친구에게 먼저 인사할 기력이 없었다. 또 정빈이가 조금 무섭기도 했다. 끝내 답장이 오지 않았던 문자와 딱

한 번의 만남. 친구라고 말하기에도 애매한 사이었다. 그렇게 또 반년이나 시간이 흘렀다.

6월이 시작됐다. 새로 사귄 친구가 정빈이와 친해진 덕분에 나도 정빈이와 제대로 된 대화를 해볼 수 있었다. 사실 어색함이 덕지덕지 발려있는 대화였지만 나름 만족스러웠다. 취미를 물었고, 정빈이와 학기 초에 읽었던 책이 '지킬 앤 하이드'였다는걸 알게 되었다. 하지만 쉬는 시간에 시작된 대화는 아쉽게도 언제나처럼 내가 우물쭈물 어색하게 자리를 떠나며 끝이 났다.

정빈이가 나를 기억한다는 사실은 6월 후반부 체육 시간에 알게 되었다. 자유시간에 신이 나서 당구를 치러간 친구 4명을 따라가기엔 상당히 피곤했던 나는 강당 의자에 앉아 쉬는 쪽을 선택했다. 옆을 보니 정빈이도 같은 생각이었는지 내 옆에 앉아 있었다.

이때까지 우리는 한 번도 단 둘이 대화를 오래 나누어 본 적이 없었다. 10분 남짓한 시간에 소설책 추천을 늘어놓았고, 중간 중간 끊어진 어색한 분위기를 깨기 위해 나는 진땀을 흘리며 먼저 말을 건넸다. 가족 이야기를 하며 정빈이도 나처럼 여동생이 두 명이라는 사실을 알게 되었다. 공통점을 찾은 덕분에 할 말이 이제 좀 많아지겠구나 라며 혼자 기뻐하고 있는데 정빈이가 불쑥 동영상 하나를 보여줬다. 셋째 동생이 정빈이에게 야단을 맞으며 춤을 추는 영상이었다. 나는 저 멀리 당구를 치던 친구들이 궁금해 할 만큼 큰 소리로 15분을 넘게 웃어댔다. 그리고 나는 정빈이에게 내 갤러리에 있는 웃긴 영상들을 모조리 공유했다.

나는 원래 친구를 사귈 때 마음을 쉽게 열지 못한다. 하지만 한 번 허물어진 마음의 장벽은 절대 다시 세우지 않는다. 정빈이가 별로 친하지도 않은 나를 믿고 동생의 영상을 공유해 준 것이 나에게는 상당한 감동으로 느껴졌다. 5년간 씹혔던 옛 문자 때문에 섭섭했던 그때 일을 다시 기억할 새도 없이 나는 정빈이에게 우리 식구가 내일 먹을 반찬까지 몽땅 얘기하고 있었다.

그러다 보니 과거 교회 이야기를 하게 되고, 정빈이가 나를 기억했다는 사실과, 그때 정빈이의 뚱하던 얼굴이 싫은 표시가 아니라 심한 낯가림이었다는 사실도 알게 되었다. 오해가 풀렸으니 이제는 더 거리낄 것이 없었다. 모 정치인의 성대모사와 온갖 연예계 이슈들을 섭렵한 정빈이는 나와 유머 코드마저 잘 맞았고 우리는 급속도로 더 가까워졌다.

그 이후 8월쯤에는 단둘이 영화 '한산'을 보러 갈 정도로 정빈이와 친해졌고, 영화 약속은 물론이요, 저 멀리 에버랜드와 한강도 함께 다녀왔다. 새벽에는 갑자기 영상 통화를 걸어 이상한 필터를 끼고 놀며 기본 4시간을 보내기 일쑤다. 그만큼 서로에게 거리낌이 없고 솔직한 사이가 된 것이다.

내가 '어떻게 사람 문자를 5년 동안 씹을 수 있어?'라고 말하면, 정빈이는 처음 보는 애한테 교회 나오라고 문자 했던 내 행동을 이야기하며 웃는다. 상처를 받은 사람도, 주는 사람도 없는 농담을 하다 보면 정빈이와 있을 때 제일 합이 잘 맞는다는 생각이 든다.

5년은 절대 짧지 않은 시간이지만, 상대방의 입장을 생각하기 벅차 피하거나 멋대로 오해하던 어린 날의 우리는 이제 서로 누구보다 상대를 생각하고 웃겨주는 사람이 되어 있다. 나는 항상 이 관계를 통해 성장과 알 수 없는 인간사를 다시 한번 체감한다. 오늘의 원수가 내일의 인연이 될수도 있는 것이다. 알 수 있는 일은 단 하나도 없으니 어떤 관계든 소중히 하며 살고 싶어진다.

5년간 멈췄던 대화창은 이제 빽빽하다.

5장

자유 주제

{ 최주원 }

소소한 기억

<신데렐라>, <콩쥐팥쥐>, <잠자는 숲속의 공주> 등 누구나 한 번쯤 들어보았을 이야기들을 나는 책보다 뮤지컬을 통해 접했다. 집 근처 대형마트 2층 소극장에서 매달 새로운 뮤지컬을 선보였다. 처음 한동안은 엄마와 함께 다니다 어느 날엔 동네 친구들과 함께 보기도 했다. 공연 보는 것이 익숙해지자, 엄마는 나를 혼자 소극장에 데려다 놓고 그 사이 장을 보기도 했다.

언제부턴가 엄마보다는 아빠와 함께 그곳에 가기 시작했다. 아마 직장인인 엄마가 주말에 쉬고 싶어 아빠와 나의 등을 떠밀었던 것 같다. 아빠와 내가 뮤지컬을 보는 방식은 늘 비슷했다. 차를 타고 마트에 도착해 아빠가 표를 사면 나는 의자에 앉아서 벽에 붙은 포스터를 구경했다. 공연이 끝나면 늘 배우들과 사진을 찍었다. 그때 본 뮤지컬을 내용은 기억나지 않지만, 사진은 집에 많이 남아있다. 그 후 마트로 내려가 장을 보거나 장난감을 구경했는데 마음에 드는 장난감이 생기면 사달라고 떼쓰다 혼나서 울거나 장난감을 사서 기분이 좋아져 집으로 돌아왔다.

9살 때 동네에서 친한 언니가 그 소극장에서 어린이 배우로 공연에 참여한 적이 있었다. 언니가 멋있어 보였던 나는 언니에게 나도 나중에 커서 언니처럼 무대에 설 거니까 보러 오라고 했었는데 언니는 나에게 그 약속 꼭 지키라며 웃었다. 물론 지금까지 그 약속은 지켜지지 않았다.

한 번은 소극장이 아닌 대형 공연장에서 뮤지컬 피터팬을 보았다. 소극장과는 비교할 수 없는 어마어마한 크기와 화려한 무대에 놀랐다. 피터팬과 웬디가 휙휙 날아다니던 장면에 깜짝 놀랐다. 공연 중 후크선장이 사라진 피터팬을 찾는다며 관객석으로 내려와 아빠와 내가 앉은 자리로 다가왔다. "피터팬인 거 같은데? 피터팬을 찾았다!"라고 소리치며 아빠의 팔을 잡았다. 나는 아빠를 잡고 "우리 아빠 피터팬 아니야, 데려가지마!" 라고 소리쳤는데 그 순간은 어린 마음에 조금 겁이 났던 거 같다. 하지만 공연이 끝난 후 자주 그 이야기를 했고, 지금은 좋은 기억이 되었다. 그 후 소극장에 가는 일은 뜸해졌고 어느 때부터인가 가지 않게 되었다.

지금 나는 무대에 서본 적도 없고 즐겁게 봤던 뮤지컬 배우들이나 내용은 기억도 나지 않는다. 그러나 주말에 아빠와 내가 뮤지컬을 보러 가면 잘 다녀오라고 손을 흔들던 엄마, 나와 함께 뮤지컬을 보던 아빠, 배우들과 사진을 찍어줄 때 재미있는 말로 포즈를 잡아주던 사진작가, 언니처럼 무대에 설 거라고 말하던 나에게 약속을 지키라며 웃던 언니와 공연을 관람하며 즐거웠던 그때의 느낌은 기억에 남아있다. 가끔 추억을 떠올리며 어린 시절의 나를 만난다. 나를 키우는 것은 재미있던 뮤지컬이 아니라 이런 사람들과 함께 한 기억인 거 같다.

미래에 사라질 거라는 직업, 그게 바로 나의 꿈

"너는 커서 뭐가 되고 싶어?"

어릴 때부터, 특히 중학생이 되고부터는 귀에 딱지가 앉도록 들어온 말이다. 초등학교 때에는 꿈이 몇 차례 바뀌었다. 성우였다가, 체조선수였다가, 초등학교 선생님이 되고 싶었다. 중학교에 입학하고 장래 희망 조사를 할 때도 초등학교 교사라고 적었지만, 사실 내가 정말 하고 싶은 게 뭔지 잘 몰랐다. 그런데, 얼마 지나지 않아 내 진로를 뒤흔들어 놓은 일이 생겼다. 바로 일본 게임을 시작하게 된 것이다.

게임 덕질을 하면서 일본 영상을 자주 접하게 되었는데, 너무 재미있어서 자꾸 돌려서 보다 보니 한국어 자막과 비슷한 발음이 많은 것 같았다. 자연스럽게 일본어에 흥미가 생겼고, 일본어의 기본인 히라가나와 가타카나를 외우기 시작했다. 일본어를 책이 아닌 유튜브에서 영상을 보며 회화 위주로 듣고 알아갔다.

영어는 오로지 성적을 위해 몇 년씩 돈을 내고 학원에 다니며 억지로 앉아 공부했는데도 시험은 잘 본다 한들 실제로 외국인을 만나면 한마디도 제대로 하지 못했다. 하지만 듣기로 접한 일본어는 말하는 법을 먼저 배웠기 때문인지 일본어를 공부하고 4개월도 채 되지 않아 게임에서 만난 일본인들과 소통할 수 있게 되었다. 물론 이때는 번역기의 힘을 많이 빌렸으나, 번역기와 채팅창을 왔다갔다 하는 횟수도 점점 줄어들었다.

중학교 2학년이 되고 공인 일본어 자격증 시험인 JLPT(일본어능력시험)의 존재를 알게 되었다. 일본어 자격증 시험은 두 가지, JPT와 JLPT가 대표적이다. JPT는 한국에서 주최하는 시험으로, 보통 한 달에 한 번 시험이 있고 만점은 990점이다. 한국인을 겨냥한 시험이라 문제가 어렵다고 한다.

JLPT는 일본에서 주최하는 시험으로, 일본 본국을 포함한 60여 개 국가에서 시행한다. 등급이 가장 낮은 N5부터 N1까지, 등급별로 매년 2회의 시험이 치러진다. 언어 지식(문법, 한자 등), 독해, 청해(듣기)의 세 부분으로 나누어져 각 부분 60점, 총 180점이 만점인 시험이다. 대학교 일어일문학과 졸업 시험으로 JLPT를 치르는 학교가 많이 있다고 들었다.

나는 JLPT 시험을 먼저 알았다. 그래서 그해 12월 N4를 치러 갔다. 나와 같은 시험장에 있던 사람들의 연령대는 다양했다. 내 또래부터 대학생, 중년으로 보이는 사람까지. 시험장이 서울이라 아빠가 차로 데려다주셨는데, 첫 시험이라 좀 긴장했지만 잘 마치고 근처에 있던 시장에서 고기를 잔뜩 사 집으로 갔다. 결과는 시험 날로부터 약 두 달 뒤에 나오고, 자격증은 또 그로부터 한 달 뒤에 와서 한참 기다렸지만, 합격 화면을 보고 자격증을 받으니 너무 기분이 좋았다.

3학년 7월에는 N3 시험을 치러 갔다. 그런데 하필 시험 날이 1학기 기말고사 하루 전날이라 엄마가 필사적으로 말리셨던 게 기억난다. 엄마께서는 시험 접수비는 물론 용돈까지 더 붙여 주시겠다며 가지 말라고 하셨다. 하지만 나는 서울의 시험장까지 아빠와 다녀왔다. '어차피 하루 가는 건데 뭐. 오늘 공부 조금 더 한다고 성적이 달라질까?' 안일한 생각이었다. N4보다 쉽다고 느끼며 문제를 풀어나갔다. 이때 본 시험은 독해가 70분이었는데 35분 만에 풀고 독해 부분을 60점 만점을 받았다. 앞에서도 말했듯이 나는 대부분을 듣기로 공부했기에 만점이 나올 거면 청해에서 나올 줄 알았는데 상상도 못 한 부분에서 만점을 받게 되어서 신기했다. 점수도 더 잘 나왔고, 당연히 결과는 합격이었다. 물론 학교 성적은 조금 떨어졌지만...

몇 달 후 12월에는 N1을 치러 갔다. JLPT는 급수를 건너뛰고 봐도 상관이 없는 시험이기에 N2를 칠지 N1을 칠지 고민을 많이 했다. N3에서 N2로 넘어가는 벽이 크다고 해서 더더욱 망설였다. N1을 합격한다면 "중학교 때 N1에 합격했다"고 말할 수 있지만, 불합격했을 땐 수험료 6만 원을 날리고 다음 연도에 시험을 한 번 더 봐야 했다. 단어를 외우겠다고 단어장을 사서 공부하는 것도 작심삼일로 끝났고, 기출문제를 풀어봐도 너무 어려웠다. 그래도 '중3 N1 합격'의 타이틀을 포기할 수 없었다. 적어도 내게 '중학교'와 '고등학교'의 울림은 달랐다. 어린 나이에 뭔가를 이뤘을 때 더 좋은 평가를 받듯이, 나도 그 칭찬의 말을 듣고 싶었고, 나 스스로도 어린 나이에 도전해 뭔가를 이뤘다는 자부심을 느끼고 싶었다. '중학교'라는 단어에 꽂힌 나는 결국 반반의 확률에 도박하듯 시험을 보러 갔다.

1교시 언어 지식과 독해 시간에는 히터가 제대로 나오지 않아 너무 추웠다. 시험도 생각보다 어려웠다. 시험을 보는 중에도 한 손은 연필을 잡고 남은 손으론 핫팩을 붙들고 다리에 비비느라 바쁜 소리가 여기저기서 들려왔다. 특히 나는 추위를 잘 타서 패딩을 입고 있었는데도 정신이 오락가락할 정도였다. 독해 지문은 무슨 소리인지 모르겠고, 이게 틀린 건 아닌데 저거도 맞는 답 같고, 공부한 한자는 코빼기도 비치지 않았다. 반쯤 정신을 놓았을 때 시험이 끝났다. 2교시 시작 전 쉬는 시간에 감독관님께서 "여러분 많이 춥죠? 제가 관리실에 말하고 올게요."라고 하셨고, 덕분에 2교시 청해 시간에는 그나마 정신을 다시 붙잡고 문제를 풀었다.

시험장에서 나오면서, 솔직히 이번에는 자신이 없었다. 합격일지도 불합격일지도 예측할 수 없었다. 그렇게 잘 푼 것 같지 않았다. 턱걸이라도 합격이면 좋겠다고 결과가 나오는 날까지 떨리는 마음으로 기다렸다.

결과 발표 날. 설날에 끼어 있어서 외할머니댁에서 일어나자마자 두근대는 마음으로 홈페이지에 접속했다. 결과는 합격이었다. 합격 최저점인 100점을 꽤 많이 넘긴 122점. 옆에 있던 아빠께 가장 먼저 이 소식을 알렸고, 곧 엄마께도 자랑했다. 그렇게 높은 점수는 아니었지만, 합격이라는 것만으로 온종일 행복했다. 처음에는 일본어 자격시험을 치러 가는 것을 못마땅해하셨던 엄마도 1급을 딴 지금은 주변 사람들에게 가장 열심히 자랑하며 나를 기특해 하신다.

나의 꿈은 일본어 번역가이다. 가끔 내가 스스로 번역 영상을 만들어 보는데, 즐겁고 뿌듯하다. 그래서 일본어로 된 영상들(영화. 드라마 등)을 주로 번역하고 싶다. 비록 잡코리아·알바몬에서 실시한 설문조사에서는 번역가가 '미래에 사라질 직업 1위'를 차지했지만, 나에겐 희망이 있다. 아직 AI는 말의 숨은 뜻을 찾아내는 것이 미숙하다는 전문가들의 의견이 있다. 실제로 옥스퍼드대의 논문에 나온 '20년 내 사라질 가능성 높은 직업순위'에는 번역가가 없다.

어른들에게 꿈이 번역가라고 말하면, 대체로 AI가 다 해줄 텐데 그걸로 먹고살기 어려울지 모른다는 반응을 보인다. 하지만 나는 번역가가 되면, 일명 초월 번역도 하고 싶고, 애니와 자막영상이 나에게 꿈을 줬던 것처럼 누군가에게 꿈을 줄 수 있는 사람이 되고 싶다.

아지트

4년 전 중학교 1학년이었던 나는 책 읽기는 좋아했지만 글쓰기에는 손도 대지 않았었다. 딱히 이유가 있던 것은 아니고 그냥 글쓰기라는 활동 자체가 전문적이고 거창하게만 느껴졌다. 어쩌면 당연했다. 그때 내 머릿속에 글이란 긴 분량의 소설이나, 교훈을 주는 에세이가 전부였으니까. 그러니 당연히 글쓰기에 관한 관심은 점점 멀어졌고, 수준 높은 책들을 읽으며 글쓰기는 나와는 전혀 상관이 없는 것이라고 결론지었다.

하지만 중학교 2학년이 되면서 내 상황은 완전히 달라졌다. 나름 평탄하게 지냈던 1학년 생활이 끝나며 지독한 사춘기가 찾아온 것이다. 2학년이 된 나는 많이 어두워졌고 고민이 생겼지만 주위에 이야기하거나 상담 받고 싶지 않아 했다. 지금 돌아보면 왜 그런 걸 가지고 고민했지, 싶을 정도로 작고 부끄러운 것들이다.

아무튼 나는 점점 어두워지는 '나'를 바꿀 수 있는 방법을 열심히 찾았다. 민폐를 끼치지 않고 시원하게 내 이야기를 하는 방법, 생각을 정리하는 방법. 그러다가 찾게 된 것이 작은 공책이고 연필이었다. 조용하게 내 이야기를 하고, 정리할 수 있는 공간으로 종이만 한 것이 없다는 사실을 알게 된 것은 아주 큰 행운이었다.

나는 즉시 고민이나 속마음을 글로 써 내려가기 시작했다. 친하게 지낼 수밖에 없었던 친구들과 잘 맞지 않아 스트레스를 잔뜩 받을 때였는데, 첫 글은 어렵다고 들은 것과 달리, 나의 첫 글쓰기는 생각보다 쉬웠다. 굉장히 솔직했고, 혼자 볼 글이기에 더욱 대담할 수 있었다. 그렇게 누구의 눈치도 보지 않고 써 내려간 글은 뒤죽박죽 복잡했지만, 생각해보면 그때만큼 내가 글쓰기를 즐겼던 적이 없었던 것 같았다.

이렇게 시작한 속마음 글쓰기는 중학교 3학년이 되기도 전에 공책 4권 정도를 빼곡히 채웠다. 일기와는 다른 글이었다. 하루에 있었던 일을 모조리 서술하거나, 밝고 긍정적이고 뜻깊었던 이야기를 서술하지도 않았다. 그저 나는 오늘 내가 왜 기분이 좋지 않았고, 무슨 일로 우울했으며 누구에게 상처받았는지를 상세히 적어 내릴 뿐이었다. 글을 다 쓰고 나면 세 번 정도 집중해서 다시 읽어보았다. 그러면 거짓말처럼 우울함이나 짜증이 싹 사라졌다. 비밀 친구에게 내 이야기를 털어놓고 위로받는 기분이 들었다.

그리고 더 이상 글쓰기가 어렵게만 느껴지지 않았다. 고등학생이 된 나는 구병모 작가님이나 정세랑 작가님 등 좋아하는 작가분들의 소설을 열심히 읽으며 처음으로 속마음 글쓰기가 아니라 소설을 써 보았다. 남한테 보여주기 민망할 정도로 완성도 낮은 내 첫 소설은 쓰는 내내 나를 즐겁게 했다. 평소에 즐기던 그림 그리기나 SNS가 재미없어질 정도로 나를 몰두하게 만들었다. 글자 몇 개로 온전한 내 공간을 만들어 즐길 수 있다니. 한창 혼자만의 공간을 원할 나이에 글쓰기는 내게 한여름 에어컨 빵빵한 실내 같은 것으로 자리 잡았다.

사춘기를 보내기 위한 속마음 글쓰기부터, 취미가 된 소설 쓰기, 책을 보고 느낀 부분을 정리하는 독서록 쓰기까지. 이제 나는 더 이상 혼자만의 공간을 원하지도 않고, 고민을 말 못 해 끙끙거리지도 않는다. 글쓰기에 욕심이 생기고 배우고 싶다. 그래서 나는 앞으로도 열심히 글을 쓸 것 같다. 지금도 새로운 인물을 만들고, 새로운 감정을 정리하고 싶다는 생각이 든다. 유난히 잘 질리고, 잘 지치는 나는 아직 글쓰기에 지루함을 느끼지 못했으니까.

나는 내가 평생 글쓰기의 즐거움을 느끼고 살 수 있길 바란다. 질릴 때까지 쓰고도 질리지 않길 바란다. 욕심을 그득그득 부려서, 넘칠 만큼 많은 글을 쓸 수 있길 바란다. 나에게 글쓰기는 이제 하나의 취미이자 소원이다.

소감문

심혜진 / 작가

'덕질'을 공통주제로 정하면서, 과연 어떤 이야기가 나올까 무척 궁금했어요. 무언가의 팬이 된다는 것이 삶의 경로를 바꾸고 마음의 빈 곳을 메울 만큼 중요한 일이라는 걸 새롭게 배웠습니다. 중학교 시절, '뉴키즈온더블록'이라는 외국 가수의 노래를 듣고 사진을 보며 울적한 마음을 달래던 제 모습도 떠올랐고요. 각자 자신만의 색깔이 담긴, 따뜻하고도 하나하나 사랑스러운 글을 써낸 작가님들께 감사드려요. :-)

글 쓰는 일은 생각보다 쉽지 않아요. 특히 독자가 있는 글은 잘 쓰고 싶은 부담 때문에 더욱 어려웠을 거예요. 또, 다른 사람 앞에서 내 글을 내보이고 의견을 듣는 일은 얼마

나 낯설었을까요. 하지만 내 글에 대한 독자의 솔직한 의견을 접할 더 나은 방법을 저는 알지 못합니다. 많은 글쓰기 수업이 합평으로 진행되는 이유겠지요. 합평을 무서워서 피하고 싶은 함정이 아니라 기꺼이 넘어야 할 허들이라 여긴다면 가까운 미래에 더 튼튼한 '글 쓰는 몸'을 갖게 될 거예요. 많은 용기가 필요한 과정의 첫발을 내디딘 여러분께 박수를 보냅니다. 글 마감을 독려해 주시고 여러 일들을 챙겨주신 이승하 선생님 덕분에 저도 마음 놓고 강의를 진행할 수 있었어요. 노고에 깊이 감사드립니다.

부평여고 학생들에게 놀란 점은, 수업에서 나온 피드백을 적극적으로 받아들여 주었다는 점이었어요. 마른 붓이 물감을 흡수하듯 합평 내용을 수용해 글에 감동과 성찰이라는 귀한 색감을 입히는 모습에 무척 감동했고, 희망을 보았습니다. 언젠가 동료 작가로 만날 수 있겠죠? 어쩌면 제가 여러분을 덕질하게 될지 누가 알겠어요. 애틋하고도 사랑스러운 마음 가득 담아 열렬히 응원합니다! 그날을 기다리고 있을게요!

자유 주제

이승하 / 지도교사

　책 읽기를 좋아하는 글월문 아이들은 에세이를 쓰면서 감춰두었던 자신의 이야기를 조금씩 꺼내기 시작했습니다. 고민하고 또 고민하며 천천히 써 나간 글은 "쓸 게 없어요"라고 고민하던 처음과 달리 점점 다채로운 이야기들로 가득 채워졌습니다. 그리고 합평 시간에 친구가 용기 내어 쓴 글을 같이 읽고 좋았던 말, 용기를 주는 말, 긍정의 말들을 나누며 서로에게 스며들었습니다.

　학생들이 처음 작가의 자격으로 쓴 이 책에는 자연스럽지 않은 문장도, 어렵게 꺼낸 이야기들이 어색하게 연결된 부분도 있습니다. 하지만 아이들은 글을 쓰면서 깊이 생각하는 방법을 배웠고, 친구들이 쓴 글을 함께 읽고 힘이 나는 말을 건네며 나날이 성장했습니다. 또한 심혜진 작가님의 글쓰기 수업과 정성 어린 피드백을 통해 아이들은 자신들도 할 수 있다는 자신감을 얻고 작가라는 새로운 세계에 다가설 수 있었습니다.

　따뜻하고 매력 넘치는 우리 주원이, 혜원이, 정은이, 정윤이, 희서, 정빈이, 해영이, 하연이, 민지야! 글쓰기 과정이 힘들었을텐데 한 번도 빠지지 않고 글을 쓰고 수정하며 책을 완성하기 위해 애써줘서 고맙습니다. 조용하지만 내면이 강한 여러분이 책 출판이라는 이 경험을 통해 더 단단하게, 더 자신 있게 자신의 삶을 살기를 응원합니다!

권정은

중학생 때 버킷리스트를 적어야 하는 수업 시간이 있었다. 뭘 적어야 할지 고민하던 나에게 선생님께서는 부담감 없이 하고 싶은 것을 편하게 적어 보라고 말씀하셨고, 나는 세계여행 하기, 전국 떡볶이 맛집 탐방하기 등등을 적어 내려갔다. 그리고 그때 내가 적은 버킷리스트에는 '내 이름이 실린 책 출판하기'가 포함되어 있었다. 정말 어떠한 부담감도 없이 '죽기 전에 언젠가는 이루겠지'라고 생각하며 썼던 버킷리스트를 이루게 될 기회가 이렇게나 빨리 오게 될지는 예상도 하지 못했다.

하지만 나에게 이번 출판은 내 버킷리스트를 이루게 해 준 기회만은 아니었다. 덕질, 친구, 코로나19, 가장 좋아하는 음식 등등 다양한 주제에 대해서 에세이를 쓰면서 평소에는 크게 의미를 부여하지 않았던 것들에 대해서 내 나름대로 의미를 부여하는 방법을 배웠고, 내가 부여한 의미를 글로 설명하는 방법을 익혀나갔다. 내가 글을 쓸 때의 습관이 뭔지, 내 글의 어떤 부분이 좋았는지, 어떤 세부사항을 더 추가하면 좋은지, 어떤 표현은 지양하는 게 좋은지 등등에 대해 친구들과 서로의 글을 읽어보면서 의견을 나누었고 작가님의 의견을 듣고 내 글을 내 손으로 직접 수정까지 할 수 있는 가치 있는 경험이자 기회였다.

나 혼자였다면 까마득했을 책 출판을 교육청과 작가님, 그리고 동아리 선생님과 친구들과 함께 할 수 있어서 많은 도움이 되었고 덕분에 책임감을 지고 미지막까지 글을 쓸 수 있었다. 앞으로도 학생들의 글이 세상에 나오게 되는 이런 훌륭한 기회들이 더욱 넓혀졌으면 좋겠다.

김정윤

이 글쓰기 활동을 하면서 주제에 대해 글을 쓸 때 많은 이야기를 생각해야 해서 힘들었습니다. 하지만 이 활동을 통해 하나의 이야기를 만드는 것이 이렇게 어렵고, 많은 생각을 통해서 이 하나의 글이 만들어진다는 것에 놀랐습니다. 다른 작가님들이 하나의 글을 쓰기 위해서는 또 주제를 생각해야 하고, 어떤 식으로 이야기를 만들어 나가야 하며, 본인의 생각을 넣어서 자신만의 이야기를 만들어 간다는 것을 이번 활동을 통해 대단하다고 생각했습니다. 글이라는 것을 이 동아리에서 처음 만들어 보았는데 너무 재미있고, 제 생각을 정리해서 글로 작성한다는 것이 흥미로웠습니다. 글을 쓰는 것은 어려웠지만, 그래도 글을 쓰는 것이 재미있었습니다.

서정빈

글쓰기 수업을 들으면서 저에게 가장 기억나는 말은 '솔직함'인 것 같아요. 평소에 글 쓰는 것을 좋아하는 저는 '글이 어렵다'는 기분을 느껴본 적이 없었는데요. 그런데 이 책을 쓸 때 정말 '막막함'이라는 기분이 가장 큰 부분을 차지했던 거 같았습니다.

저는 혼자 글을 쓸 땐 나만 보기 때문에 전혀 남을 의식하지 않았습니다. 그래서 전혀 망설임 없이 글을 쭉 이어나갈 수 있었어요. 근데 이 책에 들어가는 내용들은 저만 보는 것이 아니었고, 또 남들 앞에서 내 글을 평가받는 시간도 있었기에 저는 전처럼 글을 자유롭게 쓰지 못했던 거 같습니다.

제가 찾은 저의 문제가 바로 솔직함이었습니다. 에세이도 그렇고, 소설을 쓸 때도 그렇고 글을 쓸 땐 진솔하고, 솔직한 내 생각이 들어가야 하는데. 전 너무 남을 의식하다 보니 글이 안 써지게 되는 경우가 생겼더라고요. 그때 생각난 작가님의 말씀이 "자세히 써야 하고, 나에 대해서 숨기면 안 된다"라는 말이었던 것 같습니다. 전 이것을 깨달은 이후 지어내지 않고 평소에 메모장에 글을 쓰듯 편하게, 솔직하게 글 속에 저의 경험을 써 내린 것 같습니다.

이 수업에서 얻고, 깨달은 게 정말 많았고. 평생 글을 쓰고 싶다는 생각이 들었다고 말하고 싶습니다.

양혜원

실명으로 책을 출판하는 날이 올 줄은 몰랐다. 중학생 때부터 작가가 되고 싶었다. 꿈을 이룰 기회여서 에세이를 열심히 써보자, 다짐했다. 첫 주제인 '친구'에 대해 무슨 일을 쓸지 고민했던 기억이 난다. 먼저, 친구랑 있었던 일을 돌아봤다. 글로 쓸 만한 일은 없다고 생각했는데 마감일이 가까워지니 다행히 기억이 떠올랐다. 주제와 관련된 경험을 기억해 내는 일이 가장 어려웠다. 가장 어려웠지만 어렵게 떠올린 기억을 공들여 글을 완성했을 때 가장 뿌듯했다. 그래서 앞으로 경험을 많이 해야겠다고 생각했다. 경험을 많이 해서 즐거운 글을 많이 쓰고 싶다. 에세이를 쓰면서 즐거운 경험이 떠올라서 좋았다. 내 글이 분위기가 어떤지 공감 가는 부분이 어딘지 감상을 듣고 피드백을 받아 보완할 수 있어 좋았다. 동아리 부원들의 글을 읽고 감탄하고 공감하고 부러워했다. 감상을 나누는 과정이 재밌었다. 다음에도 어떤 형태로든 세상에 이야기를 꺼낼 기회가 되면 좋겠다.

내 에세이에 재밌는 공통점을 하나 숨겨놓았다. 다시 하나하나 읽어보면 보일 수도 있다. 마지막으로 한 문장 더 쓰자면, 내 글을 읽고 한 번이라도 웃었다면 만족한다.

이민지

이번 에세이 쓰기는 제17년 인생 중 손에 꼽는 시련이었습니다. 마감 당일에도 글을 완성하지 못해 엉엉 울면서 겨우 마감을 하였고, 여름방학의 절반을 집에 틀어박혀 글을 쓰기에만 소비하였기에 제대로 쉬지도 못했습니다. 원래도 글쓰기엔 영 소질이 없는 데다, 남들에게 '나'라는 존재를 설명하고 말하는 게 서툴고 어려운 저로선 이번 글쓰기가 그 무엇보다도 어렵고 힘든 일이었습니다. 하지만 또래 애들이 하기 힘든 경험에 도전했고 그 경험을 어설프게나마 끝까지 완주 했다는 게 저에게 알 수 없는 뿌듯함을 느끼게 해주었습니다. 분명 시련이 있으면 성장도 있는 법이니 저는 이번 경험이 지금의 저를 좀 더 나은 사람으로 그리고 저의 꿈인 '작가'라는 직업으로 다가가게 해주는 첫 발자국이라고 믿고 싶습니다.

이번 글쓰기를 통해서 아마도 성장한 저일 것입니다. 한 비록 저의 글들은 초등학생의 일기보다도 못 쓴 글들이겠지만 단 한 사람이라도 저의 글을 재미있게 읽어 주신다면 저는 그걸로 만족합니다.

정하연

초등학교 때 글 쓰는 걸 좋아했어서 이 동아리에 들어오게 되었지만 거의 일주일에 한 편씩 글을 마감하는 것은 생각보다 쉽지 않았다. 겨우겨우 글을 써도 다시 보면 계속 수정할 게 떠올랐다. 부원들과 모여 합평하는 중에는 그때의 일을 자세히 회상해 보다가, 어떻게 쓰면 더 재밌는 글이 될지 고민도 해보고, 예쁜 말들을 찾고, 글을 고치고 또 고치고... 나, 그리고 내가 쓴 글을 되돌아볼 수 있는 시간이 되었다. 그리고 처음엔 '글을 쓰면 다 비슷비슷하지 않을까?'라고 생각했는데, 부원별로 각자 글의 개성이 잘 보여서 신기했다. 부원들이 쓴 글을 읽으며 웃기도 하고, 가슴이 아련해지는 감동을 받기도 하고 여러 깨달음을 얻었다. 작가님과 부원들에게 글에서 좋았던 점과 피드백을 받은 걸 떠올리며 다음 글을 쓸 때는 더욱더 발전한 글을 쓰기 위해 노력하게 되었던 것 같다. 다음에 글을 써야 하는 일이 온다면 자세히 묘사할 것, 솔직한 글을 쓸 것이라는 작가님의 말씀을 떠올려야겠다.

정해영

사실 글월문에 처음 들어왔을 때만 해도 우리가 쓴 글을 책으로 낼 수 있을 것이란 기대도 하지 않았다. 올해 개설한 동아리라 모든 게 엉망이었기 때문이다. 왜 이걸 논의하나 싶은 것을 논의했고, 얘기해 볼 필요가 있겠다 싶은 것을 논의하지 않기도 했다. 그런 와중에 나도 아는 게 없었다. 보통 원고지 매수로 분량을 정한다는 것조차 모르는 친구들도 있었다.

동아리 시간만 되면 주구장창 독립출판 영상만 보던 나날. 그 시간을 끝낸 것은 선생님께서 신청한 교육청 출판 프로그램이었다. 심혜진 작가님께서 강사로 오신 후에는 동아리의 체계가 어느 정도 자리 잡았다. 마감일을 정해 글을 쓰고, 다 같이 만나 서로의 글을 보며 칭찬과 조언을 했다.

강사 선생님은 내가 낸 주제가 좋다고 말해주셨다. 하지만 내가 쓰자고 말한 것임에도 한 글자 떼는 것은 쉽지 않았다. 시작을 이렇게 하면 너무 난데없는 것 같고, 설명을 붙이자니 주절주절 쓸데없는 말만 느는 것 같았다. 다음 문장을 쓸 때는 내용이 너무 튀는 것 같았고, 접속어를 붙이기에는 너무 부자연스러웠다. 내용을 두서없이 어질러 놓은 것 같고, 주제에 벗어난 말은 없는지조차 확신을 못했다.

물론 내 글을 남에게 보여주는 것 또한 쉽지 않았다. 어색한 표현, 오타 같이 이상한 것들은 왜 언제나 뒤늦게 보이는지. 내 입으로 글을 읽으면서 잘못 친 손가락을 때리고 싶었다. 다른 친구가 내 글을 보며 이해하기 힘들다 하니 '이를 어찌 설명해야 할까? 싹 갈아엎어야 하나? 이 부분은 꼭 넣고 싶은데.......' 온갖 생각이 들었다. 상당히 난감했다.

그렇다고 어렵고 힘들기만 했던 것은 아니다. 여러 친구의 글을 볼 수 있었고, 새로운 표현과 사고방식을 접했다. 내가 생각하지 못한 부분에 조언을 받으면서 가려운 등을 누가 긁어주는 것 같은 기분도 들었다. 이 활동으로 나도 우리 동아리도 많은 도움을 받았다. 아무 것도 못하고 어영부영 지나갈 뻔한 동아리 시간을 뜻깊게 보낼 수 있도록 우리보다 더 열심히 찾아보고 우리에게 이런 기회를 주신 선생님께 정말 정말 감사하다.

최주원

친구들과 편하게 놀면서 활동할 수 있는 동아리가 있었으면 좋겠다는 생각에 동아리를 만들었다. 하지만 생각보다 할 게 많았고 책 출판이 결정되면서 내가 생각했던 것과는 다른 방향으로 가게 되어 많이 불편하기도 했다. 에세이가 생소한 장르로 다가오기도 했고 나의 이야기를 쓰는 것이 많이 껄끄러웠다. 글쓰기는 생각했던 거보다 더 어려웠다. 주제가 있어도 그에 맞는 얘기를 찾기가 어려웠다. 솔직하게 쓰고 거창한 얘기가 아닌 사소한 거라도 좋다는 말을 들었지만 '이런 걸 써도 될까?' 하는 생각에 한 글자도 쓰지 못하고 제시간에 글을 제출하지 못한 적도 많았다. 내 글을 누군가에게 평가받는 느낌이 들어 불편했고 합평 시간이 싫었던 적도 많았다. 내가 완성할 수 있을까, 포기하고 싶은 생각이 많이 들었지만, 글을 쓰면서 칭찬과 피드백을 받으면서 쓰고 수정했던 글이 완성되었을 땐 좋았고 뿌듯했다. 앞으로 더 성장해서 좋은 글을 쓰고 싶다.

한희서

친한 친구들과 간단한 글쓰기를 즐기려고 들어온 동아리에서 예상외로 진지한 글쓰기를 하게 되었지만 크게 힘들지는 않았다. 어려웠지만 재미를 느낄 수 있었기 때문이다.

나는 혼자 쓰는 글에 익숙해져 있다. 몰래 혼자 쓰고 또 혼자 읽었으니 내 글은 칭찬을 고사하고 평가조차 받을 일이 좀처럼 없었다. 그래서 이 활동으로 인해 내 글을 남에게 보여주는 일에 익숙해질 수 있었던 것 같아 좋았다. 남의 글을 읽고 좋은 부분을 찾아내는 것도 재미가 쏠쏠했다.

하지만 이 재밌는 글쓰기를 하면서도 손이 느려져 마감 시간을 지키지 못할 때도 있었고, 글 소재가 떠오르지 않아 컴퓨터 앞에 무작정 앉아만 있었던 적도 많았다. 그럼에도 끝까지 쓰고 고치고 평가받을 수 있었던 것은 내가 이 활동을 즐겼기 때문이라고 생각한다. 그만큼 가치있는 일이었다.

문장이 어떤식으로 생생하게 살아날 수 있는지, 내가 가진 글쓰기 습관은 무엇인지, 필요없는 문장은 어떻게 골라내는지. 혼자서는 절대 몰랐을 것들을 많이 듣고 배웠다. 내가 단번에 그것들을 받아들여 성장 할 수는 없겠지만, 꾸준히 노력하는 일은 해낼 수 있을 것 같다. 난 천재가 아니지만 글쓰기를 좋아하니까. 앞으로도 내가 즐겁게 쓰고 읽는 사람이 될 수 있길 바란다.

© 글 부평여자고등학교 글월문

초판 1쇄 2023년 11월 27일 발행
발행처 (주) 작가의탄생
펴낸이 김용환
디자인 박지현
주소 04521 서울시 중구 청계천로 40 한국콘텐츠진흥원 CKL 1315호
대표전화 1522-3864
전자우편 we@zaktan.com
홈페이지 www.zaktan.com
출판등록 제 406-2003-055호
ISBN 979-11-394-1688-6   03810